AF313783

LE
PETIT MARIOLE

PAR

PAUL SAUNIÈRE

PARIS

AUX BUREAUX DE L'ADMINISTRATION DU *FIGARO*

3, RUE ROSSINI, 3

1870

LE
PETIT MARIOLE

I

La fièvre des protestations, manifestations et révolutions qui dévore sans cesse certains esprits turbulents aura beau faire surgir, on ne sait d'où, des êtres et des visages qu'on ne retrouve, pour ainsi dire, que dans ces circonstances critiques, cela n'empêchera pas qu'il existe des ouvriers économes et laborieux, gagnant bravement leur pain et celui de leur famille, malgré les criailleries hystériques des héros de clubs ou de carrefours qui prétendent imposer à la masse leurs théories impraticables.

Si ces héros étaient convaincus, on les plaindrait, on les respecterait même, car la folie a droit au respect ; mais il ne s'agit, la plupart du temps, que d'ambitieux vulgaires, exploitant à leur profit la sotte crédulité de ceux qu'ils recrutent, en professant des opinions qu'ils se gardent bien de partager.

Jadis on avait encore quelque chance de rencontrer un républicain honnête et modéré. Ces gens-là étaient tolérables. Ils ne demandaient la mort de personne. Ils ne cherchaient même pas à détruire ce qui existait. Ils rêvaient une forme de gouvernement utopique, bénin et patriarchal, qui n'existait que dans leur imagination.

Aussi leur embarras fut grand le jour où l'occasion se présenta pour eux de mettre à exécution ce modèle de gouvernement si longtemps ambitionné, si chèrement caressé. Après avoir commis exactement les mêmes fautes, pratiqué les mê-

mes abus qu'ils reprochaient à leurs devanciers, ils se trouvèrent en face du pays qui les congédia avec enthousiasme et les tua avec l'arme qu'ils lui avaient fournie.

En ce temps-là, il n'y avait parmi les républicains d'autre schisme que le socialisme.

Aujourd'hui, républicains et socialistes se divisent et se subdivisent à l'infini en une foule de classes auxquelles les noms pompeux n'ont pas été épargnés. Nous avons, ou plutôt ils ont les libéraux, les démocrates, les radicaux, les irréconciliables, etc. Enfin le mandat impératif est né !

Or, ce n'est pas une des choses les moins significatives et les moins comiques de voir un parti, qui prétend à toutes les perfections idéales, tellement divisé et si peu d'accord que, non-seulement il ne parvient pas à s'entendre, mais que, d'une nuance à l'autre, il s'accable des épithètes les plus grossières, à commencer par celle de *mouchard*, qui est la plus douce.

Maintenant, on dit à quelqu'un : « Vous êtes un mouchard, » comme autrefois on disait à un indifférent : « Laissez-moi tranquille. »

Et, du jour au lendemain, du sein de ce chaos émergent des noms inconnus hier, à qui la violence et le scandale font une célébrité passagère, pour lesquels se passionnent les fervents, qui deviennent présidents du *club des Ebouriffants*, candidats à la députation, députés même, sans posséder d'autre mérite que d'avoir aboyé de loin contre ce que nous avons créé, sauf à tourner les talons quand il s'agirait de mordre.

Il n'est pas moins curieux de voir les ouvriers sacrer ces énergumènes et ces hypocrites, car cela prouve combien l'ouvrier est bon et facile à persuader dès qu'on le berce de l'illusion d'une amélioration quelconque.

L'ouvrier n'est généralement pas content de son sort, et cela se comprend. Il travaille, il se prive, et il vit à côté de gens qui ne font rien, de dissipateurs qui fondent une fortune dans le creuset de leurs plaisirs ou de leurs passions. Comment n'établirait-il pas une comparaison désastreuse entre deux existences si dissemblables.

En se livrant à ce dangereux parallèle, beaucoup, aveuglés par l'envie, démoralisés par la haine, perdent la douceur et la patience qui devraient constituer le fond de leur philosophie. Ils ne réfléchissent pas que l'égalité des fortunes est un songe creux, que le travailleur s'enrichira toujours aux dépens du fainéant ; ils ne voient que le boulet qu'ils traînent misérablement ; ils se demandent pourquoi ils sont nés dans telles conditions plutôt que dans telles autres ; leur foi s'ébranle, leur jugement s'égare, leur caractère s'aigrit ; ils deviennent injustes, méchants, féroces quand ils règnent.

D'autres, et ceux-là sont en minorité malheureusement, sont plus sensés, et par conséquent plus résignés. Ils mènent paisiblement leur existence passive, détournent leurs regards pour ne pas envier une richesse irréalisable, sachant bien que l'ouvrier est un rouage indispensable au grand mouvement social, et qu'il est fait pour travailler comme l'estomac pour digérer, le cerveau pour penser, les jambes pour marcher. C'est du simple bon sens assurément, mais le bon sens n'est pas si commun que l'esprit, qui, dit-on, court les rues, quoiqu'on le rencontre si rarement.

Ceux-là sont de braves citoyens, d'excellents pères de famille ; ils ont un intérieur propre et coquet ; ils gardent pour leur femme et leurs enfants l'argent qu'ils gagnent, au lieu d'aller s'abrutir au cabaret, pour se gorger de vin falsifié, y entendre les déclamations ampoulées des Démosthènes faubouriens.

C'est certainement à cette catégorie digne d'intérêt qu'appartenait un groupe de cinq ou six ouvriers qui prenaient leurs ébats sur l'herbe drue dans l'île de la Grande-Jatte.

Cette île, on le sait, s'étend depuis le pont de Neuilly jusqu'au bassin qui se trouve en amont du pont d'Asnières. L'une de ses rives donne en face de Courbevoie, l'autre en face du parc de Neuilly.

On y pénètre maintenant avec facilité depuis qu'un pont et un chemin la traversent par le milieu et relient l'une à l'autre ces deux communes. Un restaurant s'y est élevé ; des fêtes, des régates y ont été données. On a tenté de convertir cette île silencieuse en un de ces lieux de plaisir qui sollicitent, le dimanche, l'avide curiosité des Parisiens.

En effet, on a réussi à y attirer un tel monde que, ce jour-là, la promenade y est à peu près impossible pour ceux qui n'aiment ni le bruit, ni la cohue. Mais le Parisien n'est pas difficile. Dès qu'il aperçoit de l'herbe et un arbre, il se figure être à la campagne. La vue d'une touffe de violettes lui parfume le cœur, un coquelicot le fait pâmer d'aise.

Pourtant, le groupe d'ouvriers que nous avons signalé n'avait pas choisi le dimanche pour dépenser dans ce délicieux endroit les loisirs d'un long jour de liberté.

L'ouvrier préfère généralement le lundi au dimanche.

On s'est toujours demandé pourquoi, et la raison en est si simple, qu'il est étonnant qu'on s'adresse une question semblable.

Est-ce une coutume générale de s'habiller le dimanche ? Oui.

L'ouvrier a-t-il les moyens de se vêtir comme tout le monde ? Non.

Si donc il a choisi le lundi au lieu du dimanche, c'est par pur amour-propre. Il n'a pas voulu être remarqué et faire tache par la pauvreté de ses vêtements sur la richesse ou le bien-être de ceux avec lesquels il se serait rencontré.

Le lundi, au contraire, tout le monde revient à la simplicité de ses habitudes ; le costume de l'ouvrier n'a plus rien de choquant, il rentre dans l'harmonie uniforme qui règle l'aspect de tous les jours.

Cependant ceux qui s'avançaient en chantant sous la feuillée étaient assez convenablement mis pour n'avoir pas besoin de se cacher.

Ils étaient vêtus de pantalons de couleur et d'une blouse dont la blancheur immaculée témoignait d'une excessive propreté. Un seul était habillé avec un peu plus de recherche.

Il portait un pantalon gris et un veston d'alpaga noir. Au lieu d'une casquette, il était coiffé d'un petit chapeau rond.

De même qu'il ne ressemblait par le costume à aucun de ses camarades, de même il se distinguait d'eux par ses manières. A première vue, il était impossible de s'y méprendre ; on reconnaissait que ce jeune homme était infiniment plus distingué et beaucoup mieux élevé que les autres.

Pour un observateur, à qui n'échappe

aucun détail, il est certain que ces individus appartenaient à la classe des ouvriers
peintres ou décorateurs. Leurs mains
blanches, leur teint clair, une certaine al-
lure dégagée, frisant de loin celle de l'artiste, révélaient clairement leur état au
physionomiste.

Assurément, ils avaient déjeuné et bien
déjeuné, car ils étaient gais, échan-
geaient des mots plus ou moins heureux,
couraient, sautaient, riaient, poussaient à
travers les airs étonnés des notes insen-
sées, commettaient en un mot toutes les
extravagances dont la jeunesse est capable, quand elle jouit sans contrôle et de
loin en loin d'une liberté sans limites.

C'était dans les premiers jours du mois
de juillet. Le soleil tamisait à travers les
arbres feuillus ses rayons brûlants. Deux
heures venaient de sonner à l'église de
Courbevoie.

Çà et là, on apercevait dans l'île des
groupes diversement occupés. Les uns,
couchés sur l'herbe, essayaient de se
soustraire à l'accablante chaleur de cette
admirable journée ; les autres, tendre-
ment enlacés, murmuraient de douces
paroles. Graves et recueillis suivaient les
parents, surveillant d'un œil jaloux les
moindres mouvements de leurs enfants.

Pourtant, l'île était relativement dé-
serte. A part quelques habitants du pays,
peu de curieux et d'oisifs étaient venus
troubler la tranquillité sereine de ce séjour ombreux.

Les ouvriers s'avançaient toujours ,
cherchant des yeux la place la plus ver-
doyante afin de s'y reposer. Ils ne riaient
plus, ne chantaient plus, ne couraient
plus ; la chaleur les avait vaincus.

— Eh ! là-bas, proposa l'un d'eux, si
nous faisions une halte ?

— Je ne demande pas mieux, dit le second.

— D'autant plus, ajouta un troisième,
que nous sommes venus à pied et que je
commence à en avoir assez.

— Moi aussi, fit le quatrième en es-
suyant la sueur qui ruisselait sur son visage.

— Quant à moi, dit le cinquième en se
laissant tomber sur l'herbe, je ne vais pas
plus loin.

— Et toi, Mariole ? demandèrent-ils à la
fois à celui de leurs camarades qui n'avait
pas encore parlé.

— Tout ce que vous voudrez, répondit-il
avec indifférence.

Ce lui dont tous les ouvriers semblaient
avoir pris conseil pour en arriver à une
solution était précisément le jeune homme dont la mise était un peu plus recher-
chée que celle de ses compagnons.

Il paraissait avoir vingt-cinq ou vingt-
six ans, mais son visage imberbe et sa
petite taille contribuaient certainement
pour beaucoup à lui donner cette apparence d'extrême jeunesse. Il avait évidemment trois ou quatre ans de plus qu'il
n'en accusait.

Malgré sa petite taille et son extérieur
débile, on devinait cependant un corps
robuste et une nature énergique. Les membres étaient souples et trapus, les yeux
pétillaient d'intelligence et de volonté, les
os du visage, très saillants et très accen-
tués, dénotaient une résolution inébranlable.

Les cheveux noirs, bien plantés, coupés
si ras qu'on voyait la peau du crâne, encadraient un front large et développé. La
bouche, finement dessinée, aux lèvres
pleines et rouges, se relevait légèrement
vsrs la droite, avec une indéfinissable
expression de malice et d'ironie.

— Reposons-nous tant qu'il vous plaira
dit-il, mais choisissons notre divan. Vous
vous arrêtez en plein soleil...

— C'est vrai ! s'écrièrent-ils tous en
riant.

Il prit les devants et se mit en quête,
suivant le sentier qui longe la rive gauche de l'île et qui fait face à Courbevoie.

Tout à coup, il s'arrêta court avec un
geste d'épouvante.

— Quoi donc ? demandèrent à la fois
ses camarades.

Pour toute réponse, il étendit le bras
en avant. Ils se rapprochèrent curieuse-
ment et suivirent la direction du doigt
de Mariole.

Ils aperçurent alors sur la berge un
chapeau rond de femme, en paille d'Ita-
lie, garni de rubans bleus, et à côté, un
bouquet de fleurs de prairies fraîchement
coupées.

L'endroit où ils se trouvaient formait
un détour ; la berge, minée par les grosses eaux, était escarpée, En bas, la Seine
coulait paisiblement ses flots paresseux.

Mariole se retourna brusquement.

— Du chemin que nous avons quitté,
dit-il rapidement, nous n'avons pas pu
voir ce qui vient de se passer là près de
nous. Pourtant il s'est passé quelque
chose. Ce chapeau, ces fleurs si fraîches
qu'elles ont été cueillies depuis cinq minutes à peine... C'est un suicide ou un accident, bien sûr. Quelqu'un ne vous a-t-il
entendu un cri ?

— Non, répondirent à la fois les ouvriers consternés.

— Un suicide, ce n'est pas probable,
poursuivit Mariole, obéissant à sa pensée.
Une femme qui veut se tuer ne songe
guère à se faire un bouquet... Donc c'est
un accident ; et, tenez, on dirait que l'eau
bouillonne encore...

A ces mots, il jeta son chapeau et enleva lestement son veston d'alpaga.

— Où vas-tu ? firent ses camarades effrayés.

— Là, dit-il en montrant le fleuve. Vous, répandez-vous dans l'île. Informez-vous si une femme n'a pas disparu...

Au même instant une voix de jeune fille se fit entendre.

— Léonie ! criait-elle. Léonie ! où donc es-tu ?

— Quand je vous le disais ! fit Mariole.

Et il se précipita dans la Seine avant que ses amis eussent le temps de l'en empêcher.

Mais pas un seul n'eut le courage de s'éloigner.

Ils étaient là, pâles, émus, attentifs, les yeux démesurément ouverts, suivant anxieusement les bouillonnements de l'eau. Ils auraient voulu être témoins de ce qui se passait sous cette perfide impassibilité du fleuve ; ils auraient souhaité de tout leur cœur venir en aide à leur compagnon, braver le même danger, mais ils étaient retenus par l'impuissance : aucun d'eux ne savait nager !

Haletants, le gosier contracté, la poitrine oppressée, ils assistaient immobiles à ce drame invisible, lorsque la voix qu'ils avaient entendue tout à l'heure vint résonner de nouveau à leurs oreilles.

Cette fois, la jeune fille s'était rapprochée. Il y avait de l'inquiétude dans l'intonation sur laquelle elle répéta ce nom :

— Léonie ! Léonie !

Ils l'aperçurent, en effet, à quelques pas d'eux. Elle était belle. Son visage était rouge et animé par la précipitation de sa course.

Elle promenait de tous côtés des regards investigateurs.

En quelques secondes, elle franchit l'espace qui la séparait du groupe.

Au même instant, la tête de Mariole apparut à la surface. Il venait reprendre haleine.

Elle l'entendit qui respirait bruyamment, et jeta les yeux dans cette direction. Presque en même temps elle se trouva près des ouvriers.

— Qu'y a-t-il donc ? demanda-t-elle en pâlissant.

— Rien, mademoiselle, répondit négligemment l'un d'eux ; c'est un de nos amis qui se baigne.

Comme pour lui donner raison, Mariole disparut une seconde fois.

— Vous n'avez pas rencontré une jeune fille blonde d'une quinzaine d'années ? demanda-t-elle encore.

— Non, mademoiselle.

— C'est singulier ! murmura-t-elle. Pardon, messieurs...

Elle allait s'éloigner, quand ses regards s'arrêtèrent brusquement sur le chapeau de paille et sur le bouquet, qui gisaient toujours sur l'herbe.

— Mais, voilà son chapeau ! s'écria-t-elle en se baissant vivement pour le ramasser. Je le reconnais bien, ajouta-t-elle en l'examinant de plus près. Parlez, messieurs, je vous en conjure ! Qu'est-il arrivé ?

Ils n'osaient pas s'expliquer. Le péril que courait Mariole les intéressait d'ailleurs bien autrement que la douleur de cette inconnue. Ils ne pouvaient plus se détourner de l'endroit où leur ami avait plongé. Ils comptaient les secondes, et les secondes leur semblaient des éternités.

Quant à Mariole, il va sans dire qu'il n'avait pas vu la jeune fille au moment où elle était arrivée sur le théâtre de l'événement.

Il reparut une seconde fois à la surface.

— Je l'ai sentie, dit-il en reprenant haleine ; elle est là, mais depuis combien de temps ?...

Et il s'enfonça de nouveau.

Pour le coup, la jeune fille comprit tout.

— Ah ! je devine, s'écria-t-elle avec égarement : c'est Léonie qui est tombée à l'eau...

— Y a-t-il longtemps qu'elle vous a quittée ? interrogea un ouvrier.

— Cinq minutes à peine, monsieur ; mais répondez-moi, de grâce ! C'est donc bien vrai ? Ma pauvre sœur...

— Nous n'avons rien vu, rien entendu, mademoiselle, répondit le peintre. Nous venons d'arriver à l'instant, et le bouquet d'arbres que voilà nous masquait absolument la vue.

— Cependant un de vos amis s'est jeté à l'eau.

— Oui, mademoiselle, c'est le petit Mariole. Il a vu comme nous sur la berge le chapeau de paille et les fleurs, il a sondé la Seine du regard, et il a cru voir que l'eau bouillonnait encore. Ah ! c'est un malin et un brave, le petit Mariole ! Vous allez le voir, mademoiselle. Il n'est pas plus gros que le petit doigt, mais il rendrait des points à un lion pour le courage.

Aussi il n'a fait ni une ni *deusse* ; il s'est jeté dans le bouillon, en nous disant d'aller aux informations. C'est ce que nous allions faire quand vous êtes venue. Alors seulement nous avons compris que le petit Mariole ne s'était pas trompé. Avec ça qu'il est fin comme l'ambre, ce matin-là !... Et tenez, le voici qui revient...

j'aperçois ses cheveux... sa tête... il a quelque chose sur le bras gauche... c'est peut-être la jeune personne que vous cherchiez.

A mesure qu'il donnait ces explications, l'ouvrier avait observé les moindres mouvements de son compagnon.

Dès qu'il le vit reparaître, il se précipita sur la berge pour le débarrasser de son fardeau. Ses camarades s'élancèrent sur ses traces. Dix mains se tendirent à la fois pour saisir la sienne,

— Bravo, mon petit Mariole ! fit le plus âgé.

— Quel rude lapin ! murmuraient les autres avec admiration.

Quant à la jeune fille, elle s'était avidement penchée sur le fleuve, dévorant du regard le corps inanimé que le jeune ouvrier soutenait de la main gauche.

— C'est elle ! s'écria-t-elle. C'est Léonie !

Elle porta la main à son cœur pour y étreindre sa douleur. Elle chancelait, elle se sentait défaillir. Elle s'appuya contre un arbre pour ne pas tomber. Enfin, par un héroïque effort de volonté, elle se redressa.

Déjà sa sœur était étendue sur le gazon.

— Léonie ! mon enfant ! appela-t-elle avec un accent déchirant.

Les ouvriers s'empressaient, mais personne n'était capable de donner à la pauvre noyée les soins que réclamait impérieusement son état, lorsque Mariole mit enfin pied à terre,

— Allons ! lestement, vous autres ! ordonna-t-il d'une voix brève. Toi, Pinchard, va chercher un médecin ; toi, Nicole, cours au cabaret, rapportes-en de l'eau-de-vie, du rhum, ce que tu trouveras, des couvertures de laine tant qu'il y en aura... Allez, partez ! mais partez donc !

Puis, s'adressant à la jeune fille :

— Vous, mademoiselle, déshabillez promptement cette enfant et frictionnez-la comme si vous vouliez lui arracher la peau.

Elle obéit machinalement, subissant sans se l'expliquer, l'ascendant du jeune ouvrier.

— Etes-vous seule ? Avez-vous avec vous des parents, des amis, des femmes, des femmes surtout ?

— Oui, monsieur ; ma mère et une de ses amies sont à deux pas d'ici.

— Bien. Je vais aller la chercher. Comment se nomme-t-elle ?

— La baronne Ladislas.

— Soyez tranquille, mademoiselle ; je vais vous l'amener tout doucement. Déshabillez votre sœur ; et ne craignez rien. Carlin, Vallon et Sarclet vont faire le guet et barrer le passage aux curieux.

A ces mots, sans attendre de réponse, il s'éloigna en courant.

Les camarades se retirèrent à une distance de trente pas environ et tournèrent le dos à la jeune fille.

Pendant ce temps, Mariole était parti à la recherche de la baronne Ladislas.

— Comment ! murmurait-il. La baronne est ici ! Mais alors, c'est mademoiselle Adèle, celle dont M. Robert est amoureux, celle que je viens de retirer de l'eau... c'est mademoiselle Léonie, sa petite sœur. En voilà un hasard !

Il était tellement préoccupé de ce qu'il venait d'apprendre, qu'il ne s'apercevait pas que ses vêtements étaient trempés et souillés, et que lui-même avait grand besoin de secours. Il distinguait déjà vaguement à travers les arbres quatre personnes assises sur l'herbe, parmi lesquelles se trouvaient deux dames.

Il se dirigea rapidement de ce côté.

— Ah ! ça ! je n'ai pas la berlue, dit-il tout à coup, c'est M. Robert que j'aperçois. Oui, c'est bien lui ! Comment faire ? Il va me reconnaître, m'interroger !... Que répondre ?

Il s'arrêta une seconde, en proie à une hésitation manifeste.

— Ah ! tant pis, reprit-il résolûment. Il y va de la vie de cette pauvre enfant avant tout.

Et il continua d'avancer jusqu'à ce qu'il fût auprès de ces quatre personnes.

— Est-ce bien à madame la baronne Ladislas que j'ai l'honneur de parler ? demanda-t-il doucement.

— Oui, monsieur, répondit avec étonnement une dame de cinquante ans environ.

— Alors, madame, ayez l'extrême obligeance de me suivre, et priez cette autre dame de vouloir bien vous accompagner.

— Pour quoi faire ? interrogea la baronne de plus en plus surprise.

En effet, elle ne pouvait pas comprendre ce que lui voulait cet homme, dont les vêtements mouillés, couverts de vase, n'étaient guère faits pour inspirer la confiance.

Mais Robert se leva brusquement et reconnut le jeune ouvrier.

— Comment ! c'est toi, Edouard ! s'écria-t-il.

— Oui, monsieur, répondit Mariole ; mais puisque vous me reconnaissez, priez cette dame de m'accompagner en toute hâte.

— Qu'y a-t-il donc ? fit Robert avec inquiétude.

Il venait de deviner à l'accent d'Edouard qu'un événement grave était arrivé.

— Oh ! je vous en conjure, ne perdons pas de temps à nous expliquer ! Suivez-moi, mesdames, je vous dirai tout en chemin ; mais hâtons-nous, au nom du ciel !

La baronne ne se pressait cependant pas.

— Rassurez-vous, madame, intervint Robert, je connais ce jeune homme, je vous réponds de lui comme de moi.

La baronne et son amie, car elles avaient à peu près le même âge, n'hésitèrent plus et suivirent Mariole.

— Pourtant, dit la baronne, quelles raisons avez-vous de vous adresser à nous sur ce ton mystérieux ?

— C'est qu'il s'agit d'une de vos filles, madame.

— Que dites-vous ? Courent-elles donc quelque danger ?

— L'une d'elles seulement, madame.

— Laquelle ? l'aînée ? la cadette !

— La plus jeune, madame. En voulant cueillir une fleur...

— Elle est tombée ?

— Oui, madame.

— Et elle s'est foulé le pied peut-être ? fit la mère sérieusement alarmée.

— Je ne crois pas, madame, car ce n'est pas sur l'herbe qu'elle a glissé...

— Où est-ce donc ?

— C'est dans l'eau, madame.

— Miséricorde ! gémit la baronne affolée de douleur, Léonie est morte !

— J'espère que non, madame ; mais pressez-vous !

Cette fois, la mère éperdue s'élança en avant.

Mariole aurait désiré prévenir plus doucement la malheureuse femme de l'accident qui était survenu, mais le temps lui manquait pour l'y préparer.

En outre, il n'était au courant de rien. Il ne savait pas, comme ses amis, que Léonie était tombée à l'eau depuis très peu d'instants, puisqu'il était en train d'en opérer le sauvetage pendant que mademoiselle Adèle fournissait aux ouvriers ces renseignements sommaires.

A ses yeux, la jeune fille était perdue. Il ne concevait aucun espoir de la ranimer.

Il craignait donc avec une juste raison que la vue de ce cadavre ne produisît sur la mère une révolution dangereuse.

— Prenez garde, madame, lui dit-il, et soyez forte. Votre enfant n'a pas encore repris connaissance.

Mais la pauvre mère ne l'écoutait plus. A travers les arbres, elle venait de distinguer ses deux filles et se rapprochait d'elles à grands pas.

Quand elle se trouva devant le corps inanimé de Léonie, elle faillit s'évanouir.

— Au secours ! cria-t-elle d'une voix affaiblie.

— Remettez-vous, madame, lui dit Mariole avec chaleur, et employez-vous sans relâche jusqu'à l'arrivée du médecin et des cordiaux que j'ai envoyé chercher. Si je pouvais rester auprès de vous, je vous dirais ce qu'il y a à faire en pareille occurence ; mais ma présence vous gênerait plus qu'elle ne vous serait utile.

En effet, il se retira comme l'avaient fait ses compagnons.

Robert et le baron Ladislas l'avaient suivi à distance. Il s'avança à leur rencontre et leur expliqua comment le hasard leur avait fait découvrir le chapeau de paille et le bouquet de Léonie.

— C'est sans doute en voulant cueillir une fleur qu'elle sera tombée, ajouta-t-il.

— C'est probable, dit le baron, car elle était, à quelques pas de nous, en train de se faire un bouquet.

Il était tellement anéanti, tellement frappé, qu'il ne songea même pas à remercier le brave garçon qui venait de risquer sa vie. Ce fut Robert qui s'en chargea.

— Merci, mon ami ! fit-il en lui tendant cordialement la main. Je te reconnais bien là.

Mariole serra avec orgueil la main qu'on lui tendait.

— Oh ! répliqua-t-il, il n'y a pas de quoi, monsieur Robert. Je ne savais même pas, quand j'ai fait le plongeon, à qui j'allais rendre service.

— Tu n'en as que plus de mérite, mon cher Edouard. Cela me prouve une fois de plus combien ton cœur est bon et généreux.

— C'est votre faute, monsieur Robert, puisque c'est vous qui m'avez constamment donné l'exemple. Ah ! si seulement il s'était agi de mademoiselle Adèle...

— Que dis-tu ? tu aurais donc souhaité qu'elle fût la victime d'un semblable malheur ?

— Vous avez raison, monsieur, je viens de dire une bêtise ; mais j'aurais été si heureux de reconnaître enfin par un service personnel les bontés que vous avez eues pour moi !...

— Qu'à cela ne tienne, mon garçon ; Léonie est tellement de nos amies, que je me considère comme ton obligé, tout autant et peut-être plus que s'il se fût agi de moi-même.

— Vous avez une façon de présenter les choses qui n'appartient qu'à vous, monsieur Robert ; mais vous aurez beau dire, je ne suis aujourd'hui que l'instrument du hasard...

— Dis de la Providence ! interrompit Robert avec feu.

— Providence,... je veux bien, fit Mariole en souriant fièrement. Pourvu que ces dames parviennent à ranimer la pauvre enfant, c'est tout ce que je demande.

Le baron ne prenait aucune part à la conversation et ne l'écoutait même pas. Il ne détachait pas ses regards du groupe formé par ses filles, sa femme et la mère de Robert ; il épiait avec angoisse leurs moindres mouvements.

Elles avaient déshabillé Léonie, qu'elles avaient enveloppée de leurs châles, de leurs jupes, de tout ce qu'elles pouvaient décemment retirer.

Selon les recommandations qu'elle avait reçues, Adèle frictionnait sa sœur avec l'énergie du désespoir, mais la pauvre enfant ne donnait pas signe de vie.

En ce moment un homme accourait portant deux bouteilles et cinq ou six couvertures.

— Ah ! voilà Nicole qui revient, dit Mariole.

Il alla au-devant de lui, prit les couvertures, les jeta à terre et les déplia.

— Enveloppez bien cette enfant, dit-il, et ne cessez pas les frictions. Maintenant qu'elle est à peu près vêtue, je puis vous aider.

En effet , il déboucha une bouteille d'eau-de-vie et s'agenouilla auprès de la jeune fille ; puis, après lui avoir desserré les dents, il laissa tomber goutte à goutte quelques larmes de liqueur dans la bouche de la victime.

Cette fois, tout le monde s'était rapproché et suivait d'un œil anxieux les émouvantes péripéties de ce drame inattendu.

L'effet produit par ce cordial fut pour ainsi dire instantané. Le visage livide de la pauvre enfant se colora légèrement, et un tressaillement imperceptible parcourut son corps.

— Courage ! s'écria victorieusement Mariole, nous la sauverons !

Quant à lui, il avais toujours sur le dos ses vêtements humides. La chemise lui collait sur la peau, le froid le gagnait à son tour, ses dents claquaient.

Il n'y prenait pas garde, mais Robert s'en aperçut.

— Bien, mon ami, fit-il, mais permets que nous songions un peu à toi.

A ces mots, il l'entraîna presque de force, tandis que ses amis lui offraient à l'envi toute leur défroque.

— Bah ! ce ne sera rien ! disait-il avec indifférence.

Il ne voulut accepter, du reste, qu'une blouse blanche, par laquelle il remplaça momentanément sa chemise humide et notre de vase.

Enfin, après avoir endossé sa veste d'alpaga, il avala une longue rasade de la bouteille qu'il venait d'entamer, et courut reprendre sa place auprès de la jeune

fille, qu'il se mit à frictionner avec une vigueur peu commune.

On essaya de l'en empêcher.

— Laissez-moi faire, répondit-il. Cela me réchauffera. Vous ne voyez donc pas que ces dames n'en peuvent plus !

Il avait raison.

Le bras inhabile des pauvres femmes s'était promptement, mais non pas inutilement fatigué.

Le visage de la jeune fille se colorait de plus en plus. La chaleur commençait à envahir les membres glacés.

Des frémissements plus fréquents agitaient son corps.

— Courage ! répétait sans cesse Mariole. Nous en viendrons à bout.

Il dirigeait si intelligemment les soins, que personne ne s'opposa plus à ce qu'il continuât et présidât, pour ainsi dire, à la distribution des secours, tant que le médecin n'arriverait pas.

Il est indispensable en pareille circonstance qu'un homme d'action et d'énergie domine les hésitations ou l'ignorance des autres. Cette autorité, on la subit à son insu, mais on s'y range sans discussion.

On fit sagement de se conformer aux prescriptions de Mariole.

Au bout de vingt minutes de frictions et de lotions, alors que son père et sa mère commençaient à désespérer, qu'Adèle laissait lentement couler ses larmes, la jeune fille ouvrit les yeux.

Ce fut comme un rayon de soleil qui s'en échappa.

Tous ces visages affreusement contractés s'épanouirent en un large sourire, tous les cœurs se fondirent à l'unisson en une muette action de grâces.

Si les parents de la jeune ressuscitée rayonnaient, les ouvriers, qui se tenaient à l'écart, étaient ivres d'orgueil. Ils se montraient l'un à l'autre leur camarade avec une admiration naïve qui prétendait revendiquer pour eux-mêmes l'éclat d'une si belle action.

— C'est pourtant un des nôtres qui a fait cela! semblaient-ils dire.

A partir de ce moment, toute angoisse s'évanouit. La vie renaissait peu à peu dans ce corps immobile, auprès duquel s'empressait tout à l'heure tant de désespoir. En ouvrant les yeux, la chère enfant ne vit que sourires autour d'elle.

Sa mère la serrait dans ses bras avec effusion, comme si elle craignait que la mort ne redemandât sa proie. Son père lui tenait les mains, qu'il embrassait t réchauffait dans les siennes. Sa sœur lui soulevait la tête et se sentait défaillir au souvenir de la catastrophe à laquelle la blonde enfant venait d'échapper.

— Maintenant, proposa Mariole, si

vous le permettez, nous allons transporter cette jeune personne dans la maison voisine.

Léonie promenait autour d'elle de longs regards étonnés.

Elle ne se rendait pas encore compte de l'endroit où elle se trouvait, ni du péril auquel un miracle l'avait arrachée.

Sur un signe de leur camarade, deux ouvriers saisirent la frêle enfant et l'emportèrent.

A ses côtés se placèrent son père et sa mère ; puis le lugubre cortége se mit silencieusement en marche.

Dix minutes après, Léonie était mollement étendue dans un lit bien chaud. Dans la cheminée de la chambre flambait un grand feu que Mariole avait allumé et près duquel il avait déposé une pile de serviettes destinées à réchauffer les membres encore engourdis de la jeune fille.

Après avoir tout préparé il se retira. Pinchard était de retour et n'avait pas trouvé de médecin.

— Heureusement que nous avons su nous en passer, dit Mariole.

Seuls, les parents de Léonie et Robert étaient restés dans la chambre.

Peu à peu elle reprit connaissance et la mémoire lui revint de l'accident dont elle avait été victime.

— Vous ! murmurait-elle. C'est vous que je revois ! Ah ! Dieu m'est témoin que je ne l'espérais plus !

— Mais que t'est-il donc arrivé ? interrogea la baronne, qui ne pouvaii croire encore à cette résurrec.ion.

— Rien, répondit la jeune fille. Je faisais un bouquet que je tenais à emporter, et dont je voulais parer la chambre, quand j'ai aperçu une petite fleur bleue que je ne connaissais pas. C'était une espèce de clochette, que soutenait une tige mince et flexible. Elle était bien un peu loin de moi, mais elle était si jolie, cette fleur dont je ne sais pas le nom, que je ne pus résister au désir de la cueillir.

Je risquai sur la berge un pied, puis deux, et je me penchai pour la saisir. J'éprouvais une indicible appréhension. Mon cœur battait avec force. Au moment où je me penchais afin de m'en emparer, il me sembla que cette petite fleur me demandait grâce. Mais je fus sans pitié, je la pris entre mes doigts, et je l'attirai vivement à moi.

J'aurais pourtant bien fait d'obéir à mon premier mouvement et de la laisser, car, si frêle qu'elle parût, la tige était solide et résistait. Je fis un dernier effort, mais mon pied glissa, je perdis l'équilibre et je tombai en étouffant le cri prêt à m'échapper, afin de ne pas attirer votre attention.

Je ne croyais pas l'eau si profonde, je m'imaginais en être quitte pour un bain de pied, mais je sentis que j'enfonçais toujours, toujours.

J'essayai de crier : l'eau m'entra dans la bouche et m'étouffa ; je tentai de me débattre, mais j'entendais un bruit confus et que je ne saurais définir. C'était comme un bourdonnement menaçant qui résonnait à mes oreilles avec un bruit sourd. J'ai compris que j'allais mourir. Plus rapide que l'éclair, ma pensée s'est arrêtée sur vous ; puis, j'ai fermé les yeux. Voilà tout ce que je me rappelle.

Et la pauvre petite jetait dans la chambre des regards émerveillés. Evidemment elle ne comprenait pas par quel hasard elle se trouvait là.

— Mais, au fait, demanda-t-elle rapidement, qui donc m'a sauvée ?

— Un jeune homme qui passait, répondit la baronne.

— Et presque un de nos amis, ajouta Robert. Je vous ai quelquefois parlé de lui.

— Qui est-ce donc ?

— Le frère de Gontran.

— Vraiment ? Mais où est-il donc ? Je ne le vois pas. Allez me le chercher bien vite, que je le remercie !

Robert obéit et descendit au rez-de-chaussée, où il croyait trouver Edouard, mais Mariole avait disparu.

II

L'AVOCAT ROBERT

Le lendemain matin, Robert était assis dans un assez beau cabinet tendu de papier vert, relevé de petites baguettes noires. D'amples rideaux de velours garnissaient les hautes fenêtres, en face desquelles on apercevait une large bibliothèque en bois noir.

Presque tous les livres qui la remplissaient, à l'exception des chefs-d'œuvre de la littérature moderne, étaient des livres de droit.

Sur la cheminée, on distinguait une pendule en marbre noir, rayée çà et là de petits filets d'or, surmontée d'une statuette en bronze représentant la Sapho de Pradier, et flanquée de deux coupes semblables, ainsi que de deux candélabres élancés, dont la forme svelte et gracieuse révélait la pureté de l'origine.

Tout cet ameublement avait été certainement fourni par un tapissier de premier ordre ; les bronzes sortaient assurément d'une maison hors ligne.

Le bureau plat, mais long et large, était

également en bois noir recouvert d'un tapis de velours vert.

Sur ce tapis étaient entassés les uns sur les autres des dossiers de toutes couleurs.

A côté de ce bureau, et pour ainsi dire à portée de la main, se trouvait un casier sur les cartons duquel étaient inscrites toutes les lettres de l'alphabet.

Sans aucun doute, ce cabinet était celui d'un homme de loi. Aucune coquetterie dans la décoration, mais seulement une sobriété excessive et un luxe sans éclat.

En effet, Robert était avocat.

Il avait vingt-neuf ans et exerçait déjà depuis quatre ans avec un certain éclat.

Tout récemment il venait d'être mis en lumière en faisant infliger seulement vingt années de travaux forcés à un infâme gredin que tout le monde avait condamné d'avance à la mort et qui, certes, le méritait bien.

Pour un avocat, chacun le sait, c'est un point d'honneur et un véritable succès que de soustraire le plus vil des assassins aux rigueurs de la justice et à la vengeance de la société.

Sons ce rapport-là, Robert Denowski avait amplement accompli sa tâche. On s'était étonné de la clémence du jury, on s'était informé du nom de celui qui avait défendu ce misérable ; et ce nom, répété de bouche en bouche, avait acquis en peu de temps la notoriété à laquelle aspirent tous les jeunes membres du barreau.

A l'encontre de tout le monde, l'avocat se frotte les mains dès qu'un crime épouvantable met les populations en émoi. S'il s'indigne comme homme, plus le forfait a de retentissement, plus l'avocat est content. L'attention générale n'est-elle pas concentrée sur le coquin contre lequel se soulève la vindicte publique ?

Ce coquin n'a pas d'excuses, c'est un monstre. Tant mieux ! Si Messieurs les avocats pouvaient inventer des Troppmann, ils en créeraient à la douzaine. Ne faut-il pas en effet que ces bourreaux soient défendus ? Qui sera chargé de ce soin ?

« O fortune ! murmure tout avocat inconnu, fais que ce soit moi ! »

Robert Denowski avait eu cette incroyable chance que la fortune l'exauçât.

Il était du reste à la hauteur de la mission qu'une veine inespérée lui avait dévolue. Instruit, éloquent, sobre de gestes, une voix sonore, bien timbrée, ne se fatiguant pas trop vite, il avait tous les mérites qui le recommandaient aujourd'hui et le destinaient à occuper plus tard une position brillante.

Il était assis devant son bureau et venait d'apposer sa signature au bas de la lettre qu'il avait écrite, lorsque la porte de son cabinet s'ouvrit avec précaution.

Une femme de cinquante ans, aux cheveux grisonnants, à la figure colorée, se pencha discrètement en avant.

— Est-ce que je te dérange ? demanda-t-elle.

— Du tout, répondit Robert. J'étais en train d'écrire à Edouard.

— A quel sujet ?

— A propos de l'accident d'hier.

— Est-ce qu'il est survenu de nouvelles complications ?

— Pas le moins du monde ; mais le baron s'est présenté chez moi ce matin, et m'a exprimé le désir de voir ce brave garçon.

— Eh bien, lui as-tu donné son adresse ?

— J'ai fait mieux que cela. J'ai promis au baron que je lui amènerais mon protégé.

— Et tu crois qu'il viendra ?

— J'en suis sûr, dès l'instant que c'est moi qui l'en prierai.

— Au fait, il te doit bien cela, car sans toi je ne sais ce que serait devenu ce pauvre petit.

— Vous pouvez bien dire sans nous, mère, car c'est vous qui avez fait tous les sacrifices que je vous demandais.

— Sans doute, mais l'idée vient de toi, et les sacrifices que tu t'es imposés dans le principe sont bien autrement considérables. Je t'ai aidé plus tard, voilà toute la part que j'ai prise à ta bonne action.

— Oh ! je sais bien que je n'aurai pas le dernier avec vous en matière de délicatesse, répliqua Robert. Aussi je préfère y renoncer et causer avec vous de choses plus sérieuses. Y êtes-vous disposée ?

— Assurément, fit la mère, étonnée de ce ton solennel.

Robert se leva, roula un fauteuil à côté de lui et fit signe à sa mère d'y prendre place.

Elle obéit docilement quoique avec un peu de surprise, mais en même temps un sourire bienveillant erra sur ses lèvres.

Madame Denowski était veuve depuis plus de trente ans, et avait été seule l'artisan de sa fortune.

Son nom indique suffisamment le pays où elle était née. Comme la baronne Ladislas, elle était Polonaise, et était venue s'établir en France avec ses deux fils, vers la fin de mars 1834.

Il y avait donc maintenant un peu plus de vingt-neuf ans qu'elle avait quitté la Pologne.

Ce n'était pas une femme précisément distinguée. Ses formes épaisses, alourdies par un embonpoint très prononcé, n'avaient assurément pas la moindre élégance ; mais son visage était franc et ouvert, ses yeux avaient une expression de douceur infinie, sa bouche semblait ne devoir s'ouvrir que pour laisser tomber des paroles de paix. De toute sa personne s'exhalait comme un parfum de tendresse et de bonté.

Vive, alerte, toujours gaie, elle n'était incommodée d'aucune infirmité précoce. Elle paraissait trouver la vie bonne malgré les malheurs qui l'avaient atteinte.

Non-seulement elle avait perdu son mari, mais elle avait également perdu un de ses deux fils, celui qu'elle aimait le plus, pour lequel, aux yeux de tous, elle avait montré le plus d'indulgence.

Il est vrai que depuis ce fatal événement elle avait reporté sur Robert toute l'affection qu'elle ressentait auparavant pour Stanislas.

On avait remarqué même à ce sujet une particularité singulière : c'est que, contrairement à ce qui se présente d'ordinaire, c'était à l'aîné de ses deux enfants qu'elle témoignait une préférence marquée.

Il est vrai que Stanislas et Robert avaient presque le même âge et devaient être nés à bien peu de distance l'un de l'autre. On aurait même juré que Robert était l'aîné, tant il était devenu grand et fort à mesure que Stanislas dépérissait.

Celui-ci mourut en effet à l'âge de onze ans, sans que les soins multipliés de sa mère et les ressources de la Faculté pussent le soustraire à cette fin prématurée.

La veuve le pleura longtemps, mais elle trouva chez le cadet tant de consolations, qu'elle finit peu à peu par essuyer ses larmes et s'éprit pour celui qui lui restait d'un amour aveugle.

Autant elle était jadis pour lui avare de caresses, autant elle en devint prodigue. On aurait dit qu'elle reconnaissait ses torts et qu'elle voulait le dédommager de ce que l'indifférence maternelle lui avait fait souffrir jusqu'alors.

Aussi ne négligea-t-elle rien pour lui donner une éducation de choix. Elle le fit entrer au collége et voulut qu'il y reçût des leçons de toute nature.

Elle fut amplement récompensée. Elle ne sema point sur une terre ingrate. Non-seulement Robert fut un des élèves les plus distingués, mais plus tard, au lieu de dépenser follement sa jeunesse aux quatre coins des carrefours, il n'eut d'autre ambition que d'achever ses études et de devenir un homme.

Il ne gaspilla ni son temps, ni l'argent dont sa mère bourrait ses poches. Plus il était économe et studieux, plus elle lui recommandait de ne se priver d'aucun des plaisirs de son âge, et de ne pas se fatiguer par un travail excessif.

— Nous sommes riches, disait-elle sans cesse. Va toujours.

Mais il n'entrait pas dans l'esprit de Robert de prendre rang parmi les inutiles et les vaniteux dont l'ignorance et l'outrecuidance sont les moindres défauts.

Il avait les goûts sobres et les instincts généreux. Il ne glissa pas sur la pente dangereuse vers laquelle le poussait sa mère.

Non pas qu'il eût grand mérite à cela puisqu'il ne résistait à aucun entraînement, puisqu'il préférait la vue laborieuse et paisible à la dissipation ou à l'oisiveté.

C'était un esprit froid et positif, que les passions n'égaraient point hors du chemin qu'il s'était tracé.

Qu'on ne se figure cependant pas qu'il s'agisse de quelque empaillé, vivant automatiquement dans un coin, sans souci des lettres, du monde, des arts.

Robert était certainement un des jugements les plus éclairés qui se pussent rencontrer. Il était au courant de toutes les nouveautés, suivait assidûment les théâtres, allait fréquemment en soirée, avait de brillantes relations et s'efforçait de les conserver.

En outre, il avait l'âme élevée et capable assurément de concevoir les plus nobles sentiments. Maintes fois il avait fait preuve de courage et de générosité. L'occasion se présentera du reste assez souvent de développer son caractère pour qu'il soit inutile d'en faire une longue et fatigante description.

Au physique, c'était un fort beau garçon, dont les cheveux blonds, bouclés et rejetés en arrière, découvraient un front large et intelligent. De grands favoris encadraient son visage calme. Ses yeux bleus et bien fendus étaient ombragés de longs cils. Si le regard était froid et un peu dur au premier abord, la bouche, harmonieusement dessinée, souriait avec affabilité comme pour corriger cette impression. Le nez fort se terminait sans exagération par deux narines mobiles qui se conformaient pour ainsi dire à l'expression de la physionomie.

Ce n'était pas un Antinoüs, encore moins un Apollon ; cependant il était de haute taille et bien proportionné. Ses membres ne manquaient pas de souplesse, les extrémités étaient fines et bien attachées. Ses manières avaient cette distinction qui n'est pas seulement, en général, le résultat de l'éducation, mais encore celui de la naissance.

Pas plus sous ce rapport-là que sous les autres, il ne ressemblait à sa mère. Elle était brune, petite, grosse ; il était blond, grand et svelte. Il n'avait, en outre, aucun de ses traits.

Peut-être ressemblait-il à son père, mais il l'ignorait, il ne l'avait pas connu.

Cependant sa mère avait été bien légitimement mariée. Il ne pouvait pas en douter ; il avait entre les mains son acte de naissance, que la veuve avait fait venir de Pologne et qu'elle lui avait recommandé de conserver précieusement.

Du reste, ces dissemblances d'une génération à l'autre ne sont pas rares dans les familles. Or a vu des enfants être le portrait vivant de leur aïeul. Par quel phénomène ces réssemblances franchissent-elles souvent un degré ? C'est un mystère tout aussi impénétrable que certains dogmes de la religion catholique.

Robert le savait bien. Il n'avait jamais songé à comparer ses traits avec ceux de sa mère. Elle l'aimait, il le lui rendait avec usure et n'en demandait pas davantage.

Aussi, quand elle prit place dans le siége qu'il lui avait avancé, quand il la vit sourire, il reprit confiance.

— Eh bien ? Je t'écoute, fit-elle doucement.

Il revint s'asseoir en face d'elle dans son fauteuil de bureau, et se recueillit un instant, en homme qui se prépare à quelque grave confidence. Enfin, après une courte hésitation, il prit résolûment la parole.

Elle attendait sans impatience et d'un air railleur les explications que son fils avait provoquées, comme si elle soupçonnait d'avance la nature de ces explications.

— Mère, lui dit-il, je vais vous adresser une question bien étrange, mais vous me rendrez cette justice que c'est la première et, je l'espère, la dernière fois de ma vie.

— Voyons ? fit la veuve assez intriguée.

— D'après la façon dont vous m'avez élevé, dont vous avez pourvu à tous mes besoins et au delà, d'après le train de maison que nous menons, j'ai lieu de supposer que nous jouissons d'une certaine aisance...

— Tu ne te trompes pas, mon enfant.

— Bien ; mais de l'aisance à la richesse, il y a encore un abîme. Sommes-nous réellement riches ?

— Cela dépend de la valeur qu'on attribue à ce qu'on possède. Il y a des gens pour qui un million est une fortune, d'autres pour qui ce n'est qu'une déplorable médiocrité,

— Alors je vais préciser, dit Robert. À quel chiffre se monte votre fortune ?

— A six cent mille francs pour le moment.

— Voilà un restrictif dont je me vois encore forcé de vous demander l'explica-

tion. Vous avez dit « pour le moment. »

Cette fortune est-elle donc susceptible d'un jour à l'autre d'augmentation ou de diminution ?

— Sans doute, puisqu'il s'agit d'actions et d'obligations.

— En effet, ces valeurs sont sujettes à des fluctuations de Bourse ; mais ces dépréciations sont insignifiantes.

— Insignifiantes ! se récria la veuve. Comme tu y vas ? Sais-tu qu'en 1848, quand j'ai eu le courage d'acheter tout ce que j'ai pu trouver d'actions de la Banque de France, j'étais de deux cent cinquante mille francs moins riche que je ne le suis aujourd'hui.

— Ah! fit Robert sans dissimuler un peu de surprise, vous avez fait cette opération ?

— Mon Dieu, oui.

— Et combien avez-vous acheté de ces actions ?

— Cent, juste.

— Mais alors, vous avez triplé vos capitaux !

— A peu près.

— Et vous possédez toujours vos titres ?

— Toujours.

— Ainsi, ils figurent au moins pour moitié dans l'évaluation de votre actif ?

— Oui, mon enfant.

— Et vous comptez les garder ?

— Certainement, à moins que tu n'en aies besoin pour quelque opération...

— Pas le moins du monde, interrompit vivement Robert. Dieu me préserve de songer à vous dépouiller !

— Alors pourquoi m'adresser toutes ces questions ?

— Ah ! voilà... fit le jeune avocat en hochant la tête.

Il fit une pause de quelques secondes et tout à coup releva la tête.

— Si je songeais à me marier, reprit-il, ce projet serait-il de votre goût ?

— Assurément.

— Mais dans le cas où la personne sur laquelle mon choix s'est fixé vous conviendrait, seriez-vous disposée, sinon à m'abandonner une partie de votre capital, ce dont je n'ai pas besoin, du moins à me servir annuellement une somme qui serait débattue et arrêtée entre vous et les parents de cette jeune fille ?

— Ah ça ! est-ce sérieusement que tu m'interroges à cet égard ? demanda la veuve interdite.

— Très sérieusement, mère.

— Comment ! tu n'as pas compris que je ne vis plus que pour toi et par toi, que tout ce que je possède t'appartient et que la moindre petite rente me suffirait.

— Oh ! par exemple !... se récria Robert.

— T'imagines-tu donc que ce soit pour moi, pour mon plaisir, pour la sotte satisfaction de ma vanité, que j'ai loué et fait meubler cet appartement le jour où tu as été reçu avocat ? Est-ce par ostentation que j'ai pris deux domestiques mâle et femelle ? Avais-je alors l'habitude de me faire servir ? N'ai-je pas, au contraire, constamment travaillé ? N'est-ce pas encore pour toi que j'ai renoncé au commerce lucratif que j'exerçais depuis près de trente ans ?

— Quant à cela, dit Robert, ce n'est pas moi qui vous y contrainte.

— C'est vrai ; mais cris-tu que j'ignore quelle piteuse mine auraient faite tes camarades, tes amis, tes connaissances même, si j'avais conservé mon fonds ? Pourtant c'est à lui que je dois ce que j'ai gagné, c'est grâce à lui que j'ai pu faire de toi un homme instruit, presque célèbre déjà. Et, crois-moi, on ne renonce pas si facilement que se le persuadent certaines gens aux habitudes que l'on a contractées dès l'enfance, au travail qui vous a fait vivre, qui vous a enrichi.

— Regrettez-vous donc ce temps-là, mère ? L'heure du repos n'a-t-elle pas sonné pour vous ?

— Je ne regrette rien, mais je ne te le cache pas, je m'ennuierais profondément au sein du luxe qui m'environne, si je ne t'avais pas auprès de moi. Quand je te vois fermer la porte de ton cabinet pour compulser ces vilaines paperasse qui encombrent ton bureau, je suis comme une âme en peine dans ce grand appartement. Je ne sais plus que faire de mes aux doigts. Je sors pour me distraire, et, presque toujours, mon instinct me ramène devant la boutique que j'occupais autrefois près du marché des Innocents. Je vois ceux qui m'ont succédé, qui vont, qui viennent, qui se démènent, qui ne trouvent même pas le temps de me dire bonjour.

Je les regarde et je me dis :

« Sont-ils heureux ces gaillards-là ? Ils ne sont pas, comme moi, embarrassés de leurs vingt-quatre heures par jour ! »

Robert ne répondait pas, il souriait.

— Cela te fait rire, poursuivit la veuve. Dame ! je conviens qu'il y a de quoi, mais que veux-tu ? c'est plus fort que moi. Je n'ai de jouissance réelle que le peu d'instants que tu passes avec moi. Or, je sais bien que tu ne peux pas m'en consacrer beaucoup. Le travail d'un côté, le palais de l'autre, les bals et les soirées pendant l'hiver, tout cela rogne sensiblement tes loisirs.

— Vous avez raison, dit Robert avec un peu de tristesse.

— Oh ! mais je ne te le reproche pas, se hâta d'ajouter sa mère. N'est-ce pas indispensable ? Au contraire, mon enfant. fais ce qu'il te plaira. La seule chose que je te défende, c'est de trop travailler. Penses-y bien, Robert, je n'ai plus que toi au monde.

— Soyez tranquille, mère. S'il faut se croiser les bras pour vous rassurer, je suis capable de m'y résigner.

— Assurément non, je n'exige pas cela ; mais je veux que tu graves bien profondément ceci dans ta pensée : c'est que tu es le seul lien qui me rattache à la vie, au bonheur, et que je serai heureuse tant que je te verrai heureux. Donc ne crains pas d'user de moi, d'abuser de moi, de ma bourse, et, pour commencer, achève la confidence que tu as ébauchée tout à l'heure. Tu es amoureux ?

— Comme un fou !

— De qui ?

— D'une jeune personne adorable.

— Est-elle riche ?

— Je le crois.

— Et de bonne famille ?

— J'en suis certain.

— Jolie ?

— Pouvez-vous me demander cela puisque je l'aime !

— C'est juste... Son âge ?

— Dix-neuf ans.

— Est-elle brune ou blonde ?

— Brune.

— Elle t'aime ?

— Elle me l'a dit.

— Et elle se nomme ?

Robert hésitait à prononcer ce nom, quand sa mère partit d'un grand éclat de rire.

— Veux-tu que je te dise ce nom que tu trembles de laisser échapper ? demanda-t-elle d'un ton railleur.

— Vous le savez donc ! fit Robert stupéfait.

— Comment ! tu ne t'es pas aperçu que depuis des siècles j'ai deviné le grand secret que tu viens de me révéler ?

— Il serait possible ! s'écria Robertt

— Tellement possible, que ta bien-aimée n'est autre qu'Adèle, la fille aînée de la baronne Ladislas.

— Et ce choix vous convient ?

— On ne peut davantage.

— Alors vous consentez à demander sa main pour moi ?

— J'espère que tu n'en doutes pas, mon ami, fit la veuve qui devint sérieuse ; mais as-tu bien réfléchi aux difficultés que tu auras à surmonter ?

— Sans doute. Adèle m'a formellement autorisé à faire auprès de ses parents une démarche officielle; vous acceptez cette mission !...

— Mais le père et la mère de celle que tu aimes, les as-tu consultés ?

— Je ne les ai même pas pressentis.

— Pourtant, c'est là qu'est l'obstacle, dit la veuve.

— Obstacle secondaire, fit observer Robert, puisque je suis aimé de leur fille.

— Ah ! le bel avocat que voilà ! s'écria la mère. Faut-il avoir passé dix années enfermé dans un collége, pâli pendant cinq autres années sur Cujas, avoir fait son stage, être une des lumières du jeune barreau, pour s'imaginer encore qu'il suffit d'aimer et d'être aimé pour se marier !

— Mais, à votre avis, que faut-il donc de plus ?

— Ouvre ton code, mon enfant, et tu y liras en toutes lettres qu'il n'y a pas de mariage possible sans le consentement des parents.

— Croyez-vous donc que je l'aie oublié ? Pourquoi ne l'obtiendrais-je pas, ce consentement ? N'ai-je pas une position ? Ne puis-je pas offrir à ma fiancée une fortune au moins égale à celle qu'elle aura ?

— Mais es-tu fils de baron, comme elle ?...

— Bah ! qu'importe la naissance ? Quelle valeur a ce préjugé par le temps qui court ?

— A tes yeux il peut n'en avoir aucune, mais ne te figure pas que la Pologne le cède à la France comme orgueil et comme aristocratie.

— Je le veux bien, mais nous ne sommes plus en Pologne. Voilà plus de dix ans que le baron Ladislas s'est expatrié, après avoir réalisé toute sa fortune ; cela n'annonce guère l'intention de retourner jamais dans son pays.

— Mais il n'a pas été élevé, comme toi, dans les idées égalitaires que tu partages. Sa femme en est peut-être encore plus entichée que lui, quoiqu'elle ait dérogé une seconde fois.

— Dérogé ? fit Robert. Pourquoi ? Parce que son premier mari était comte ?

— Certainement.

— Oh ! ma foi, comte ou baron... fit dédaigneusement Robert.

— Tu as beau faire, mon ami, les opinions qui te guident, et qui sont en quelque sorte une conséquence de ta profession, ne prévaudront jamais contre une classe d'individus qui se souviennent encore des prérogatives dont ils ont joui pendant des siècles.

— Mais ces prérogatives sont illusoires ! protesta Robert. Le peu qu'il en reste est purement honorifique. Existe-t-il aujourd'hui une aristocratie en France ? Où la trouvez-vous ? A part quelques noms historiques comme ceux des Rohan ou des Montmorency, le menu fretin de la noblesse est débordé, absorbé presque, par des usurpateurs que la savonnette à vilain n'a même pas décrassés, qui s'honorent de la particule et se décorent d'un titre qui ne leur appartient pas.

Demandez à la commission du sceau si elle a osé exiger que chacun justifiât de son titre, fût-ce celui de simple chevalier! Où sont les familles qui pourraient montrer aujourd'hui les lettres patentes qui ont érigé leurs terres en duchés, comtés, ou baronies héréditaires ? Donc ils ont volé ces titres, ou s'ils sont de bonne foi, si leurs parchemins ont été rongés par les rats de leur noble manoir, cela prouve combien est caduque et sotte cette perpétuelle manie de s'enfler comme la grenouille pour crever comme elle. De nos jours, chère mère, il n'y a plus que deux aristocraties, croyez-moi : le talent et l'argent.

— C'est égal, répondit la veuve. Jamais la baronne ne consentira à donner sa fille au fils d'un de ses anciens fermiers.

Robert haussa les épaules avec pitié.

— Vous vous exagérez à vous-même l'orgueil de la classe à laquelle les Ladislas appartiennent, reprit-il. Beaucoup de gens s'imaginent encore qu'un blason signifie quelque chose en matière héraldique, et pourtant cela n'a aucune valeur.

Ouvrez l'un après l'autre l'Armorial de chaque province, vous y verrez représentées toutes les corporations d'alors : taillandiers, drapiers, merciers, bouchers même. Tous les états y sont inscrits et chacun y a fait détailler son blason. Qu'est-ce que cela prouve ? Etaient-ils nobles, ces gens-là ? Moins que vous et moi, peut-être. Donc, le blason n'a aucune autorité. Les impures ne s'avisent-elles pas maintenant d'enlacer des amours roses sur champ d'or ou d'azur ? Sont-elles nobles pour cela, les prostituées ?

La veuve n'était pas de force à défendre contre son fils la cause discréditée de la noblesse, mais elle savait qu'à tort ou à raison la plupart de ceux qui portent un titre tiennent à le conserver et en sont fières.

Cela lui suffisait pour lutter.

— Tout ce que tu voudras, dit-elle à son fils. Pourtant tu aurais dû remarquer que la baronne m'a toujours accueillie avec une certaine froideur, et je suis persuadée que sans toi elle m'en aurait témoigné plus encore.

— Je ne dis pas le contraire, mais ne fallait-il pas qu'elle se créât des relations à Paris ? Or quelle plus douce consolation y a-t-il pour des exilés que de retrouver à l'étranger des compatriotes, de parler avec eux du pays absent, de s'entretenir dans l'idiôme natal !

— Oh ! je n'ignore pas qu'on fait des concessions en pareil cas ; mais quand il s'agit de ce que, dans ce monde-là, on appelle une mésalliance, on y regarde à deux fois. On a pour ceux de sa caste autant d'indulgence qu'on affecte de rigueur pour ceux qui, comme nous, sont sortis de la classe des travailleurs. S'il faut t'en donner un exemple, il m'est bien facile de te citer un fait dont je t'ai entendu t'étonner quelquefois.

— Quoi donc ? demanda Robert.

— N'as-tu pas manifesté devant moi quelque surprise de voir avec quelle facilité la baronne a reçu chez elle ce monsieur de Malgagne dont elle a fait la connaissance aux bains de mer il y a un an à peine ?

— C'est vrai, répondit Robert avec un peu d'amertume.

— Eh bien ! à quoi attribues-tu le gracieux accueil qui lui a été fait ?

— Que sais-je, moi ?...

— Tu évites de me répondre, mais tu n'ignores pas plus que moi que le seul mérite de ce monsieur est d'avoir un nom sonoie, d'être assez joli garçon, de s'habiller comme un journal de modes.

— Vous avez peut-être raison, fit Robert, dont les traits se contractèrent.

— Ce qui n'empêche pas ce monsieur d'être fort bien dans la maison, grâce aux platitudes qu'il débite à la baronne, aux compliments qu'il roucoule à ses deux filles...

— Ah ! ne me parlez pas de cet homme ! s'écria le jeune avocat avec une colère mal contenue, vous me le feriez haïr.

— Tu aurais tort, il n'en vaut pas la peine.

— Je me garderai bien de vous contredire, mais que vient-il faire auprès de la baronne et de ses filles ? Qu'espère-t-il ! N'est-il pas marié ? S'imagine-t-il trouver un jour chez l'une ou l'autre des consolations à son veuvage anticipé ? Singulier rôle que celui d'un mari dont la femme est continuellement en voyage !

— Oh ! quant à cela, tu exagères, répliqua doucement la veuve. Nous avons vu dix fois cet hiver madame de Malgagne chez la baronne.

— Oui, mais chaque fois qu'on la voyait, elle partait en voyage le lendemain, ou elle en revenait la veille.

— C'est tout simple. Elle est Anglaise, elle a des propriétés dans son pays, ne faut-il pas qu'elle en surveille la gestion ?

— Allons donc ! n'est-ce pas son mari que cela regarde ? Doit-on laisser perpétuellement courir les grands chemins à une femme jeune encore et assez belle pour provoquer toutes les témérités ? Tenez, voulez-vous connaître mon opinion ? Je suis convaincu que M. de Malgagne ne serait pas fâché de se débarrasser d'elle.

— C'est bien possible.

— N'est-elle pas absente encore en ce moment ?

— Oui. Elle est allée, je crois, rendre visite aux parents de son mari, qui habitent le Midi de la France.

— Eh bien ? Pourquoi son mari ne l'a-t-il pas accompagnée ?

— Je l'ignore. N'a-t-il pas quelque occupation qui le retienne ?

— Aucune. Il ne fait absolument rien. Il prétend qu'il sollicite un emploi auprès du ministre, qu'il est sur le point de l'obtenir, qu'il ne peut pas quitter la place sans courir le risque d'échouer... Autant de mensonges, autant de prétextes pour rester seul à Paris. Et pendant ce temps-là, voulez-vous que je vous le dise puisque nous causons à cœur ouvert ? Il fait la cour à tout le monde pour se faire bienvenir, et, principalement à Adèle, ce que je m'efforce de ne pas voir, mais ce que je ne saurais tolérer plus longtemps.

— Tu te trompes, mon enfant, répondit naïvement la mère de Robert.

Et, comme celui-ci relevait la tête avec un geste de conviction :

— Ou plutôt tu dois te tromper, reprit-elle. Dans quel but agirait-il de la sorte ? Ferais-tu à celle que tu aimes l'injure d'admettre qu'elle pût devenir jamais la maîtresse de M. de Malgagne ?

— Loin de moi cette pensée ! se défendit vivement Robert.

— Alors pourquoi te mettre martel en tête ? poursuivit la veuve, que l'exaltation de son fils effrayait un peu et qui avait entrepris de le calmer. Tu as pris au sérieux quelques galanteries banales, auxquelles les femmes sont d'autant plus exposées qu'elles sont plus jolies.

— Du tout, répliqua Robert sur un ton d'intime persuasion. Il y a certainement une arrière-pensée dans la manière d'agir de cet homme. Je ne la soupçonne pas. mais on ne m'ôtera pas de l'idée qu'il rumine un projet quelconque. C'est même ce qui m'a décidé à rompre le silence que j'avais gardé jusqu'alors. Il me devenait insupportable de voir M. de Malgagne approcher Adèle au même titre que moi. J'aime mieux en finir.

— Il sera fait selon tes désirs, répondit docilement sa mère. Aujourd'hui même, j'irai chez la baronne Ladislas.

— J'y compte et je vous en remercie,
fit Robert. Jamais occasion plus propice
ne se présentera. L'accident survenu hier
à Léonie, le désir de s'informer de sa
santé suffisent parfaitement à motiver
cette visite.

— Ne crains rien, dit la veuve en souriant, je saurai bien me tirer d'affaire.

Au moment où elle se levait, le domes-
tique de Robert parut sur le seuil.

— M. Gontran Maucastel demande si
monsieur peut le recevoir, dit-il.

— Qu'il entre ! fit Robert avec empresse-
ment.

— Allons ! poursuivit sa mère, je te
laisse avec le frère d'Edouard. A bientôt,
et ne désespère pas ! Peut-être ai-je moi-
même exagéré l'orgueil et la susceptibi-
lité de la baronne.

— Puissiez-vous dire vrai ! soupira Robert.

Il se leva à son tour et reconduisit sa
mère jusqu'à la porte de son cabinet.

Gontran, qui allait entrer, s'effaça pour
la laisser passer ; puis, après s'être in-
cliné profondément devant elle, il pénétra
à son tour auprès du jeune avocat.

Celui-ci lui tendit vivement la main.

— Enfin, vous voilà ! s'écria-t-il.

— Laissez-moi vous remercier de ces
bonnes paroles, dit chaleureusement Gontran. Elles prouvent du moins que ma présence ne vous est pas importune.

— Je le crois bien : vous devenez plus
rare que le phénix ?

— Il ne faut pas m'en vouloir, monsieur Robert. Je vous sais si occupé que
je crains toujours de vous déranger...

— Et puis, vous travaillez beaucoup
vous-même, je l'ai appris et je vous en félicite.

— C'est vrai, monsieur.

— Et non-seulement, je l'ai appris, mais
je l'ai vu de mes propres yeux. Il y a déjà
quelque temps que je n'avais pas mis les
pieds dans votre petit atelier; aussi ai-je
été très surpris avant-hier de trouver ex-
posé rue Laffitte le tableau dont vous
m'aviez un jour montré la maquette.

— Ah ! dit Gontran, vous avez vu mon
tableau ?

— Certes.

— Et... comment le trouvez-vous ? balbutia-t-il en rougissant comme une jeune
fille.

— Si merveilleusement beau, que je me
demande comment vous ne vous y êtes
pas pris plus tôt, afin de l'envoyer à l'exposition de cette année.

— Vraiment ! s'écria joyeusement le
jeune peintre. C'est votre avis ?

— Sans restriction, je vous le jure !

— Ah ! monsieur, vous me rendez

plus heureux des hommes ! dit Gontran
tout épanoui. J'avais bien pensé à le faire
pour l'exposition de cette année, mais je
n'ai pas osé.

— Pourquoi ?

— Parce que j'avais peur d'être refusé.

— Vous avez eu tort, mon cher.

— Peut-être, mais je ne voulais exposer
qu'avec la certitude d'être reçu. Il est
vrai que depuis deux jours je regrette un
peu d'avoir été si timide, car, sans compter les éloges dont vous daignez m'accabler et auxquels j'attache le plus grand
prix, j'ai reçu tant de compliments que
cela m'inspire un peu plus de confiance
pour l'avenir.

— Vous avez raison, mon ami. La mo-
destie est une qualité, mais la timidité est
le plus redoutable des défauts. Aujour-
d'hui, voyez-vous, il faut pour arriver
trois choses : de l'aplomb, de l'aplomb et
encore de l'aplomb.

— Je tâcherai d'autant plus de profiter
de vos excellents conseils que je me sens
à présent un peu plus sûr de moi. Croi-
riez-vous, monsieur Robert, que si je l'a-
vais voulu, j'aurais vendu mon tableau le
jour même où il a été accroché derrière la
vitrine?

— Pourquoi ne l'avez-vous pas fait ?

— Vous allez vous moquer de moi,
monsieur, mais j'avais tant de plaisir à le
voir si bien placé que, le premier jour,
j'ai passé moi-même plus de dix fois devant le magasin pour le regarder.

Robert ne put en effet s'empêcher de
sourire en entendant cet aveu.

— Mais c'est de l'enfantillage, cela,
mon cher !

— Je ne m'en défends pas, monsieur,
mais vous devez bien me comprendre. Je
suis sûr que vous vous miriez devant
toutes les glaces le jour où vous avez endossé pour la première fois votre robe
d'avocat.

— Je ne m'en cache pas, confessa fran-
chement Robert.

— Voilà justement pourquoi je n'ai pas
pu me décider à le laisser partir.

— Je conçois la joie que vous avez
éprouvée, mon cher Gontran, mais, per-
mettez-moi de vous le dire, vous n'êtes
pas dans une position à vous donner le
luxe de pareilles jouissances. Vous êtes
depuis plus de dix ans à la charge de votre frère, et vous ne pouvez pas tolérer
plus longtemps qu'il se prive de tout pour
vous élever.

— Mais, c'est ce que je me tue de lui
dire, monsieur Robert ! Il y a déjà quatre
ou cinq ans que je pourrais me suffire et
pourvoir à tous mes besoins. C'est lui qui
ne l'a pas voulu, qui a exigé que j'apprisse
une foule de choses que j'ignorais.

2

Sans doute il est très utile de savoir dans la carrière que j'ai embrassée, mais je me serais formé peu à peu : j'en avais le désir ardent, la ferme volonté. Pas du tout, Edouard a prétendu que pour être bon peintre il était indispensable d'avoir une instruction solide. Il a commandé, j'ai obéi. Pouvais-je refuser ? N'est-ce pas à lui que je dois tout ?

III

QUEL SERVICE OSA DEMANDER GONTRAN

Robert écoutait parler Gontran avec un charme inexprimable.

Il y avait chez le jeune artiste tant de candeur, de franchise, d'abandon, qu'on se sentait irrésistiblement attiré vers lui par une indéfinissable sympathie.

— Votre soumission aux volontés de votre frère est trop louable pour que je cherche à la blâmer, fit Robert ; mais puisque l'occasion se présentait pour vous de vous créer une ressource personnelle, je vous le dis avec la même liberté de langage que vous m'avez toujours connue, vous avez eu tort de ne pas le faire.

— Aussi, croyez bien, monsieur, que j'aurais triomphé de mes scrupules et fait taire mes joies enfantines, si le marchand lui-même ne m'avait conseillé, dans mon intérêt, de ne pas livrer mon tableau au prix qu'on m'en a offert.

— Il vous a mal conseillé, mon ami.

— Pas si mal, monsieur Robert, puisque j'en ai trouvé le double le lendemain.

— Et vous ne l'avez pas vendu ?

— Pas encore, quoique j'en eusse bien envie ; mais le marchand a juré que mon tableau ne sortirait pas de chez lui à moins de trois mille francs ; il n'a pas voulu céder. Il m'a offert, du reste, toutes les avances possibles...

— Et vous les avez acceptées ?

— Non, monsieur. Edouard, que j'ai consulté, m'a dit que, vis-à-vis d'un marchand, il ne fallait jamais avoir l'air de manquer d'argent.

— En théorie, il a parfaitement raison, répliqua Robert, mais en pratique c'est autre chose. Ne vous êtes-vous pas demandé quelquefois comment faisait votre frère pour faire si largement face à tous vos besoins ?

— Je m'en suis étonné bien souvent, au contraire.

— Et vous le lui avez dit ?

— Certainement.

— Qu'a-t-il répondu ?

— Que cela ne me regardait pas.

— Ce n'est pas une réponse cela, c'est une défaite.

— C'est ce que je lui ai fait observer.

— Et alors ?...

— Alors il s'est mis à rire et m'a tourné le dos.

— Pourtant, il me semble bien facile de connaître les ressources dont il dispose.

— Sans doute, puisqu'il est peintre décorateur.

— Combien gagne-t-il par jour ?

— Ceci est plus difficile, je dirais presque que c'est impossible à préciser, répondit Gontran. Vous connaissez Edouard comme moi, mieux que moi peut-être ; vous n'ignorez pas quelle indépendance de caractère il possède. C'est à ce point que, depuis qu'il sait manier un pinceau, il n'a jamais consenti à servir un patron plutôt que tel autre.

— Mais comment fait-il ?

— Oh ! il n'est pas embarrassé. Il est très connu dans sa spécialité, non-seulement des entrepreneurs de peinture, mais de tous les grands tapissiers. Quand on a besoin de lui, on le fait appeler, on lui explique ce qu'il a à faire, il donne son prix. On l'accepte ou on ne l'accepte pas : il ne revient jamais sur le chiffre qu'il a fixé. Aussi certains de ses travaux, tels que ceux qui concernent la décoration intérieur d'un appartement, lui sont payés très cher.

— Je comprends cela : mais n'est-il pas toujours chez son ancien patron ?

— Il y est, mais quand il n'a pas autre chose à faire. C'est toujours là qu'il revient ; il a conservé de ce digne homme un excellent souvenir ; il ne peut pas oublier que c'est lui qui l'a formé, qui m'a donné à moi-même les premières notions d'art qui ont décidé de ma vocation. Et puis il se plaît à retrouver de temps en temps ses anciens camarades d'atelier, qui l'aiment et lui témoignent une grande déférence.

— On ne s'en douterait guère, à en juger par le ridicule sobriquet dont ils l'ont affublé, repartit Robert.

— Lequel ? Le petit Mariole ?

— Sans doute.

— Croyez-vous donc que ce surnom soit injurieux ?

— Non, j'en ai demandé l'explication à Edouard, qui me l'a fournie. Mariole, dans le langage des ouvriers, signifie fin, rusé, madré, intelligent. C'est un mot qui résume toutes les finesses et toutes les roueries de l'esprit, je crois.

— Vous ne vous trompez pas, monsieur Robert, répondit Gontran, mais si vous connaissiez mieux la classe ouvrière, vous sauriez que le surnom est plus fréquemment usité dans les ateliers et dans les chantiers que le nom propre. Je vous citerais certains métiers où il est si expressément défendu d'appeler un individu par son nom de famille, qu'on y met à l'amende d'une bouteille celui qui commet, fût-ce involontairement, cette erreur.

— Vraiment ?

— Je vous l'assure, M. Robert. Moi-même, je ne suis guère resté que quatre ans dans la maison où j'ai fait mon apprentissage de barbouilleur, j'avais également un surnom : on m'appelait *Tapin*. Savez-vous pourquoi ?

— Non.

— Parce que, quand je n'avais rien à faire, je m'amusais à battre le rappel sur les carreaux de l'atelier.

— Eh bien ! demanda Robert, qui ne comprenait pas encore.

— Eh bien ! en langage populaire, *tapin* veut dire tambour. Et ces surnoms sont tellement usuels, tellement enracinés dans la classe ouvrière, qu'aujourd'hui encore, bien que j'aie quitté le métier depuis près de huit ans, lorsque je rencontre un de mes anciens camarades, c'est toujours ainsi qu'il m'aborde :

« Ah ! te voilà, Tapin ! Bonjour, Tapin ! »

A plus forte raison n'est-il pas surprenant qu'Edouard soit plus connu sous son sobriquet que sous son nom de famille. Il n'a pas comme moi renoncé au métier ; il n'a pas cessé de fréquenter ses anciens compagnons. Demain il serait créé duc et sénateur, que cela n'empêcherait pas ses amis de l'appeler le petit Mariole.

— C'est bien possible, fit Robert.

— C'est indubitable, insista Gontran. Que voulez-vous ? il faut bien accepter les us et coutumes du milieu dans lequel on vit, quand on ne peut pas faire autrement. Ce n'est pas sans une certaine amertume, allez, je dirais même sans une certaine douleur, que je me vois déchu du rang qui m'était assigné, et quand je réfléchis à cette fatalité...

La jeune artiste n'acheva pas, mais il hocha mélancoliquement la tête.

— C'est ainsi ! dit-il tristement. Qu'y faire ? C'est à nous qu'il appartient de nous relever de cette chute, de reprendre dans la société la place qu'occupait mon père avant que son funeste défaut ne lui ait fait descendre insensiblement tous les degrés de l'échelle sociale. Edouard a déjà commencé cette réhabilitation : je l'achèverai si Dieu me prête assistance, je vous le promets.

En disant ces mots, il secoua par un effort de volonté la tristesse qui s'était emparée de lui et se redressa avec une énergie virile.

— A la bonne heure ! fit Robert. J'aime à vous voir ainsi préparé à la lutte. Continuez, mon cher Gontran, et, je vous le prédis, vous arriverez. Vous savez déjà que vous pouvez compter sur moi et que personne n'est plus disposé à vous être utile. Or, plus je vous étudie, plus je reconnais que ma confiance est bien placée. Voilà dix ans que je ne vous perds pas de vue, et que j'applaudis en secret à l'énergie avec laquelle vous avez triomphé de toutes les difficultés.

Nous avons un peu le même caractère comme fond ; ainsi que moi vous aimez le travail et vous avez l'ambition de parvenir. Mais si le fond est le même, chez vous la forme diffère, et je vous en félicite sincèrement, car je vous envie réellement cette franchise, cette loyauté, cette exubérance de jeunesse qui vous distinguent. Autant je suis froid, autant vous êtes démonstratif ; autant je suis concentré, autant vous êtes ouvert. Voilà des qualités qui ne s'acquièrent pas et que je ne posséderai jamais. La nature vous en a doué, gardez-les précieusement, et n'écoutez pas les hypocrites ou les sceptiques, qui prétendent que ces qualités sont plus dangereuses que les pires défauts.

Des organisations comme la vôtre font toujours leur trouée dans les mesquines ambitions qui nous environnent. C'est par elles que les grandes idées se fécondent et se propagent. Il est trop juste que ceux qui les admirent aident à ceux qui les conçoivent. A ce titre, je vous offre sans restriction mon concours et mon crédit.

Et d'abord, entre nous plus de « monsieur ». Je vous appelle Gontran tout court, vous me répondez monsieur Robert, il y a dans cette nuance quelque chose qui me blesse et qui m'attribue sur vous une sorte de supériorité que je ne me reconnais pas.

Ah ! si j'avais cinquante ans, si mes cheveux blancs réclamaient déjà le respect, je tolèrerais probablement ce qui me choque tant aujourd'hui ; mais vous avez vingt-deux ans, j'en ai vingt-neuf, ce n'est pas un écart suffisant pour autoriser chez vous une déférence que je ne vous témoigne pas. A l'âge où nous sommes, sept années de différence ne sont rien.

Je suis un homme, mais vous n'êtes plus un enfant. Donc c'est bien convenu, n'est-ce pas ? vous m'appelez Robert, je vous appelle Gontran, et nous rétablissons ainsi l'équilibre.

— Vous le voulez, demanda l'artiste, au comble de la joie.

— Certainement.

— Ah ! monsieur, que je vous remercie !...

— Je vous y prends encore, interrompit Robert. Gare à vous ! je vais vous donner du « môssieu Gontran ! »

— Eh bien, non ! Mais laissez-moi vous dire combien vous me rendez heureux et fier. Il me semble que c'est ma réhabilitation qui commence.

— Pourquoi pas ?

— J'accepte donc, Robert, fit le jeune peintre, qui tendit à l'avocat sa main large ouverte.

— Et maintenant, reprit ce dernier après avoir répondu cordialement à cette étreinte, parlez. En quoi pourrais-je vous servir ? — Car ce n'est pas une amitié stérile que je vous offre.

— Je vous en sais un gré infini ; mais, en vérité, je suis confus...

— Voyons, reprit Robert, vous me disiez que votre famille habitait Paris, et je me souviens, en effet, que votre frère me l'a déjà dit. Quels sont vos parents ? A quel degré vous sont-ils attachés ?

— L'un d'eux est le propre frère de mon père.

— Il se nomme Maucastel comme vous, alors ?

— Oui.

— N'est-il pas marchand de soieries en gros ?

— Précisément.

— Est-il riche ?

— On le dit.

— Garçon ou marié ?

— Célibataire obstiné.

— Vous êtes donc son héritier en cas de mort ?

— Légalement, oui ; mais bien certainement il ne nous laissera rien.

— Qu'en savez-vous ?

— Lorsqu'Edouard m'a fait quitter le métier de barbouilleur, pour entrer comme élève dans l'atelier de Troyon, il est allé trouver notre oncle. Mais, à peine avait-il décliné son nom, que celui-ci l'a mis à la porte, en disant que nous étions des vagabonds et qu'il ne voulait pas même savoir si nous existions. D'ailleurs, il se porte comme le pont Neuf.

— Quel autre parent avez-vous encore ?

— Ma tante, la sœur de ma mère.

— Mariée aussi ?

— Et mère de famille.

— Edouard est-il allé la trouver ?

— Non. Ni lui ni moi ne la connaissons même de vue. Elle a épousé un chef de division du ministère des finances, qui, depuis plus de vingt-cinq ans, avait rompu toutes relations avec mon père et ma mère.

— Ne parlons donc plus d'elle, fit Robert, mais je puis aller revoir votre oncle. Peut-être sera-t-il mieux disposé et serai-je plus heureux qu'Edouard...

— Je vous en prie, ne le faites pas ! Ce serait me désobliger au lieu de me servir.

— Ainsi, je ne puis rien rien pour vous ? demanda Robert.

— Ah ! si j'osais... hasardement timidement Gontran.

Robert n'était pas fait autrement que le commun des mortels. Tant qu'on refusait ses offres de service, il se prodiguait, mais du moment où Gontran se montra disposé à les accepter, il éprouva une défiance instinctive.

Du moins, il eut le talent de dissimuler cette impression.

— Parlez, mon ami, dit-il au contraire avec effusion ; est-ce un service d'argent que vous réclamez de moi ?

— Pouvez-vous le supposer ! répondit Gontran avec un accent de reproche. Ne vous ai-je pas dit il n'y a qu'un instant que j'avais refusé celui que le marchand de tableaux me proposait ?

— Sans doute ; mais pour vous aider à attendre...

— Non, grâces au ciel, ce n'est pas de cela qu'il s'agit.

— Qu'est-ce donc ?

— Il s'agit d'un portrait.

— Que vous voudriez faire ?

— Oui.

— Celui d'une personne que je connais ?

— Avec qui vous êtes très lié.

— Alors disposez de moi. Quel prix demanderiez-vous pour exécuter ce travail ?

— Je ne demanderais rien. Je m'estimerais trop honoré de la faveur qu'on voudrait bien m'accorder.

— Je ne vous comprends pas.

— C'est comme tête d'étude que je désirerais faire ce portrait.

— En ce cas, il me semble que rien n'est plus facile.

— Vous croyez ? fit Gontran, dont une lueur d'espoir illumina le regard.

— Sans doute. Est-ce un homme ?

— Non.

— C'est donc une dame de mes amies ?

— Une jeune personne.

— Elle est donc bien jolie !

— C'est une véritable tête d'ange ! dit le jeune peintre avec feu.

— Vous ne la connaissez donc pas ?

— Pas assez pour solliciter une telle faveur.

— Mais enfin quel est son nom ?

— Je crois qu'elle se nomme Léonie.

— Qui ! la fille cadette de la baronne Ladislas ?

— Elle-même.

— En effet, avoua Robert, cette enfant a les traits d'une finesse et d'une distinction...

— Et quelle nuance de cheveux ! s'écria chaleureusement Gontran. Comme la lumière joue dans ce jaune d'or ! Et ces yeux noirs, si grands et si doux ! Et cette bouche petite, vermeille, rebondie ! Et ces mains longues, effilées !...

Robert écoutait en souriant cette longue énumération de perfections.

Gontran s'en aperçut et rougit légèrement.

— Prenez garde ! lui dit Robert. N'allez pas détailler devant les parents de cette jeune fille toutes les beautés que vous avez découvertes en elle.

— Pourquoi ? Y a-t-il rien dans mes paroles dont ils puissent se formaliser ?

— Je ne dis pas cela ; mais, à vous entendre, à voir l'animation que vous mettez à dépeindre les qualités physiques de Léonie, on pourrait croire...

Robert s'arrêta. L'étonnement naïf du jeune peintre le faisait hésiter à compléter sa pensée.

— Quoi donc ? interrogea Gontran.

— Que vous en êtes amoureux, parbleu ! fit l'avocat.

— Vous plaisantez !... protesta vivement l'artiste. Une enfant de quinze ans au plus !

— Une enfant qui est déjà une femme en apparence, car on lui donnerait certainement une ou deux années de plus qu'elle n'en a en réalité.

— C'est vrai, mais à peine l'ai-je entrevue cet hiver.

— Vous l'avez toujours assez vue pour remarquer toutes ses beautés.

— De ma part, cela n'a rien d'étonnant. Je ne serais pas peintre si je n'admirais pas ce qui est beau.

— Assurément ; mais c'est souvent par l'admiration qu'on commence et c'est par l'amour qu'on finit.

— Alors, soupira Gontran, oublions ce que je vous ai dit.

— Pas le moins du monde ! Je ne voulais que vous mettre en garde contre un danger et nullement vous éconduire. Si je me suis trompé, tant mieux ! Mais si j'ai deviné juste, il vaudrait mieux pour vous, croyez-moi, renoncer à une passion sans issue pendant qu'il en est temps encore.

— Mais je vous jure...

— Ne jurez pas, interrompit Robert. Aussi bien, si j'insistais trop à ce sujet, vous pourriez supposer que je répugne à vous rendre le premier service que vous me demandiez. Or, je tiens essentiellement à vous prouver le contraire. Je vous promets donc que je m'emploierai pour vous dans cette circonstance plus activement et plus utilement peut être que si j'agissais pour mon propre compte.

— Et vous me permettez de venir chercher la réponse qu'on vous aura faite ?

— Je vous en prie, mon cher ; mais il est plus probable que j'irai vous la porter moi-même aussitôt que je l'aurai reçue.

— Décidément, fit Gontran, je serai votre obligé sous tous les rapports.

— Mais vous ne me devez rien encore ! se récria l'avocat.

— Oh ! pardon. Il est une chose qui restera éternellement gravée dans ma mémoire : c'est que vous êtes le premier qui nous ayez tendu la main dans notre chute et qui nous ayez aidés à sortir de la misère. Ce que je suis, je le dois à mon frère, mais ce qu'est Edouard, ce qu'il a fait pour moi, c'est à vous, et à vous seul qu'en revient l'honneur. Tout s'enchaîne en ce monde. Si mon frère n'avait pas si noblement reconnu les bontés que vous avez eues pour lui jadis, vous ne me témoigneriez pas à moi-même la bienveillance et l'amitié dont vous m'honorez.

Pauvre Edouard ! s'il avait été à ma place, quel talent il aurait eu ! C'est vrai : il y a des moments où je me reproche l'argent qu'il a dépensé pour moi, car s'il avait consacré à sa propre éducation les sommes qu'il n'a pas épargnées pour la mienne, il serait aujourd'hui un des peintres les plus en renom de l'école moderne.

Cela vous surprend ce que je vous dis là, mon cher Robert ? Et pourtant rien n'est plus vrai. Vous admettez bien qu'après dix ans d'études et de pratique je me connaisse un peu en peinture, n'est-ce pas ? Eh bien ! quand le travail chôme, Edouard vient de temps en temps, et tout en causant, il prend sans y songer ma palette, mes pinceaux, et jette au hasard sur la toile des croquis d'une couleur et d'une originalité saisissantes.

Tout n'y est pas, assurément. Cela pèche souvent par le dessin, quelquefois par la perspective, mais jamais par la vie et par le mouvement. J'ai conservé quelques unes de ces fantaisies, je vous les soumettrai. Je suis sûr que vous en serez émerveillé. Vous verrez si j'ai tort quand je vous affirme qu'Edouard a un véritable tempérament d'artiste.

— Que m'apprenez-vous là ! s'écria Robert. Soyez convaincu que si j'avais fait cette découverte, j'aurais poursuivi jusqu'au bout le sacrifice que j'avais [commencé.

— Je n'en doute pas, mon ami, et je suis bien certain qu'Edouard n'en doute pas plus que moi. Mais vous le connaîtriez bien mal si vous vous étonniez que sa fierté se soit révoltée à l'idée de vous être à charge, dès l'instant où il pouvait gagner sa vie. C'est tout simple. Vous l'avez bien compris lorsque vous lui avez permis de voler de ses propres ailes.

D'ailleurs, vous étiez si jeune, qu'il vous était impossible de suivre et de surveiller ses progrès. Son patron était content de lui. Il était désormais en état de suffire à ses besoins et aux miens, votre œuvre de bienfaisance était largement accomplie. D'un enfant abandonné, mourant de faim, vous avez fait un brave et honnête ouvrier ; que pouvait-il demander de plus ?

Aussi, ce n'est pas une vaine protestation, je vous l'assure, poursuivit Gontran avec une mâle énergie, vous avez ici-bas deux cœurs qui vous sont dévoués jusqu'à la mort, et si, ce qu'à Dieu ne plaise, vous aviez un jour besoin, non pas de notre pauvre bourse, mais de notre bras et de notre sang, ne les épargnez pas plus que s'il s'agissait des vôtres, Robert. Vous ne sauriez nous faire à la fois plus grand honneur et plus grand plaisir.

Il y avait dans l'attitude et dans les paroles de Gontran tant de noblesse et de dévouement, que le jeune avocat se sentit profondément remué.

— Eh bien ! répondit-il, je ne le souhaite pas plus que vous, mon ami, mais, le cas échéant, je vous promets de ne faire à nul autre cet honneur et ce plaisir.

— Merci, fit Gontran radieux. J'ai un ami maintenant, je puis m'en vanter.

A ces mots, et après s'être de nouveau serré la main, les deux jeunes gens se séparèrent.

Robert demeura seul.

En jetant les yeux sur son bureau, il aperçut la lettre qu'il venait d'écrire au moment où sa mère était entrée dans son cabinet.

Sur l'enveloppe était écrite l'adresse suivante :

Monsieur Edouard Maucastel,

58, rue Rochechouart,

Paris.

Robert consulta sa pendule du regard.

— Maladroit ! fit-il avec un geste d'impatience. J'ai oublié de faire jeter cette lettre à la poste ! Quatre heures et demie ! il est trop tard maintenant. Jamais il ne la recevra à temps... Allons, ce soir, après dîner, j'irai voir s'il est chez lui. S'il n'y est pas, je lui laisserai cette lettre.

Il la mit sur son portefeuille, afin de ne pas l'oublier et reprit son travail interrompu.

Vers six heures, au moment où il quittait son bureau, la porte de son cabinet s'ouvrit et sa mère parut

— Eh bien ! lui demanda-t-il avidement, est-tu allée chez la baronne ?

— J'en arrive.

— Et tu lui as fait ma demande ?

— Certainement.

— Comment y a-t-elle répondu ?

— Moins mal que je ne l'aurais supposé. Elle l'a accueillie d'un air froid et réservé, mais sans surprise, et j'ajouterai sans dédain.

— Enfin, a-t-elle consenti ?

— Oh ! comme tu es pressé ! Pas encore ; elle a demandé à réfléchir, à consulter son mari.

— Combien de temps ?

— Huit jours.

Robert ne fut pas maître d'un geste d'impatience.

— Et tu te plains ! s'écria sa mère. Moi qui ne hasardais cette démarche qu'en tremblant ! tu es bien difficile !

— Non, mère, mais si vous saviez...

— Eh ! je sais aussi bien que toi ce que tu pourrais me dire ; mais qu'y faire ? Il faut attendre.

En effet, le plus sage était de se résigner, au moins pendant le délai que la baronne avait demandé. Robert en prit son parti.

Pour se distraire, il sortit immédiatement après dîner et se dirigea vers la rue Rochechouart.

La maison qu'habitait Edouard était située au coin de la rue Bellefond.

Robert s'informa chez le concierge.

— Monsieur Edouard ? demanda-t-il.

— Au troisième, la porte à droite.

— Est-il chez lui ?

— Oui, monsieur, je viens de le voir rentrer.

— Vous en êtes sûr ?

— Parfaitement. Du reste, il est bien rare que monsieur Edouard s'absente dans la soirée. Presque tous les jours il rentre à la tombée de la nuit et on ne le revoit guère avant six ou sept heures du matin.

— Merci, dit Robert, qui se souciait peu d'écouter les commérages du concierge.

Il franchit l'escalier et frappa à la porte qu'on lui avait indiquée. Personne ne lui répondit.

Il allait s'éloigner, quand il s'aperçut que la clef était restée sur la porte. Il fit jouer la serrure et entra.

La chambre était vide.

IV

HISTOIRE D'UN DÉCLASSÉ

Persuadé qu'Edouard n'était pas loin et qu'il allait rentrer presque aussitôt, puisqu'il avait laissé sa clef sur sa porte, Robert pénétra dans la chambre, prit une chaise et attendit.

Il ne faisait pas nuit encore. Le jour commençait seulement à baisser, et pénétrait dans la pièce par les deux fenêtres qui donnaient sur la rue Rochechouart.

Robert ne connaissait point l'intérieur de l'ouvrier : c'était la première fois qu'il venait chez lui. Il jeta autour de lui un regard curieux et fut émerveillé de la propreté et du goût qui présidaient à l'arrangement de chaque chose.

Aux fenêtres pendaient quatre rideaux de perse vulgaire, et glissant primitivement sur deux tringles en fer, mais bien drapés dans l'embrasse de même étoffe qui les retenait.

Une couchette et une table en noyer, quatre chaises en merisier, courvertes de perse pareille aux rideaux, une petite toilette garnie de marbre blanc, composaient avec une armoire tout le mobilier de cette chambre.

Sur la cheminée, surmontée d'une glace, une pendule en bois noir imitant le marbre, deux flambeaux de cuivre rouge et deux vases en cristal coloré.

Le carreau de la chambre avait été soigneusement passé à l'encaustique et ne demandait pas grand entretien.

La pièce la plus remarquable de cet ameublement était l'armoire en noyer, qui était appliquée le long du mur de gauche. C'était un meuble large, épais et confortable, quoiqu'il n'annonçât aucune prétention au luxe ni à l'élégance.

Ce modeste mobilier annonçait l'intérieur d'un ouvrier propre et aisé, — rien de plus.

Robert fut enchanté et presque surpris d'une si extrême simplicité. Evidemment aucun des détails qui le frappaient ne révélait des goûts exagérés de dépense, ni la moindre habitude de désordre.

Les premières minutes d'attente s'étaient écoulées pour lui sans qu'il s'en aperçut, pendant qu'il se livrait à ce rapide examen ; mais quand il eut tout vu, quand il eut promené même à plusieurs reprises ses regards investigateurs sur les objets qui avaient tout d'abord accaparé son attention, il s'étonna de rester si longtemps seul.

Au bout d'un quart d'heure, il se leva et ouvrit la porte du palier. Il prêta l'oreille, aucun bruit ne se faisait entendre.

Il se pencha sur la rampe de l'escalier :

— Edouard ! Edouard ! cria-t-il successivement en baissant et en relevant la tête au-dessus de la cage.

Personne ne lui répondit.

— C'est étrange, dit-il. Il est probablement chez un voisin... ou chez une voisine...

Il rentra dans la chambre de l'ouvrier et patienta un autre quart d'heure.

Cette fois, il faisait à peu près nuit. Il jugea inutile de prolonger sa faction.

— Allons ! ce sera pour demain, murmura-t-il.

Il tira de son portefeuille la lettre qu'il avait écrite dans la journée, ainsi qu'une de ses cartes de visite, au coin de laquelle il fit un large pli, puis il posa le tout bien en évidence sur la table de nuit qui se trouvait à côté du lit.

Ensuite il sortit de la chambre, dont il tira la porte sur lui, enleva la clef qui était restée dans la serrure, et redescendit l'escalier.

— Etes-vous sûr que M. Edouard ne soit pas sorti ? demanda-t-il au concierge.

— Aussi sûr que voilà la nuit qui tombe, monsieur.

— C'est qu'il aurait pu passer devant votre loge.

— Ce n'est pas possible, monsieur. Je fumais ma pipe sur le pas de la porte d'entrée, je l'aurais certainement vu sortir.

— Alors il est probablement dans la maison, car il n'est pas dans sa chambre.

— Comment ! s'écria le concierge. Vous avez frappé à sa porte depuis le temps que vous êtes monté ! En v'là de la constance !

— Du tout. J'ai trouvé la clef dans la serrure, je suis entré et je me suis assis, persuadé que M. Edouard allait revenir. Ne le voyant pas arriver, j'ai pris le parti de m'en aller. J'ai même cru ne pas devoir laisser la clef sur la porte ; je l'ai retirée, et je vous prierai de vouloir bien la lui remettre.

— Volontiers, monsieur ; car, pour sûr, il ne va pas tarder à venir la chercher. Vous n'avez pas d'autre commission pour lui ?

— Non ; dites-lui seulement que j'ai laissé sur sa table ma carte et une lettre qui lui est destinée.

— Suffit, monsieur, votre commission sera faite, vous pouvez être tranquille.

Robert sortit et gagna les boulevards, sur lesquels il se promenait depuis quelques instants, quand un passant lui adressa un salut cérémonieux.

Il répondit à cette politesse, mais avec une certaine raideur.

— Encore ce monsieur Malgagne ! murmura-t-il. Quel est cet homme ? D'où sort-il ? Oh ! il faudra que je sache...

Enfin, après une longue promenade, il rentra doublement préoccupé : d'abord de la demande officielle que sa mère avait faite pour lui dans la journée, ensuite de cette particularité singulière que Mariole ne fût pas chez lui alors qu'on le lui affirmait si positivement.

Cependant, en y réfléchissant, cette absence le surprit moins. Il en revint à son idée première : Edouard était certainement chez un voisin.

Cette idée une fois ancrée dans son esprit, il ne songea plus à ce détail.

Il est temps de s'arrêter un peu sur cette figure de Mariole qui intervient jusqu'ici dans tous les événements et dans toutes les conversations qui commencent les premières pages de ce récit.

Le petit Mariole, ainsi que l'avaient surnommé ses camarades, avait trente ans : une année de plus que Robert, sept années de plus que son frère Gontran.

Il était le fils aîné d'Achille Maucastel et de Madeleine Dubois, sa femme.

Son père avait été médecin à Paris, et médecin de grande science et de grande réputation. Il appartenait à la haute bourgeoisie parisienne. Ses aïeux avaient occupé de temps immémorial les positions les plus brillantes et les plus enviées.

Par son éducation, par sa naissance, par son talent, Achille Maucastel était donc destiné à jouer, dans le monde, un rôle assez important. En effet, l'avenir s'annonçait pour lui sous les plus heureux auspices, lorsqu'en 1833 il épousa Madeleine Dubois, dont la famille, comme la sienne, avait fait souche dans la bourgeoisie.

Achille Maucastel n'était pas précisément riche. Il n'avait guère que cent cinquante mille francs nets lorsqu'il se maria. Sa femme lui apporta à peu près soixante-mille francs de dot, après lesquels elle n'avait plus rien à prétendre, puisqu'elle avait perdu son père et sa mère, et que ses autres parents avaient une nombreuse famille.

Cependant la situation n'était pas mauvaise. A l'époque dont nous parlons, dix mille francs de rente étaient un budget suffisant pour vivre à Paris sans s'imposer trop de privations.

D'ailleurs Maucastel avait un état. Il était docteur, possédait une clientèle sérieuse, payant exactement les visites qu'elle recevait. Ses honoraires atteignaient un chiffre au moins égal à celui de ses revenus.

Le jeune couple n'était donc pas à plaindre. Il occupait rue Saint-Honoré, près du Palais-Royal, un fort bel appartement, avait à son service cuisinière et femme de chambre, vivait largement, recevait beaucoup, fréquentait en un mot l'élite de la haute bourgeoisie.

Malheureusement, Maucastel avait un défaut, il était joueur.

C'était précisément le temps où, depuis la fermeture des maisons de jeux, florissait l'ère de la bouillotte. Tout le monde s'était épris de ce jeu émouvant qui permet à la fois de risquer et de défendre son argent.

Les individus exerçant à Paris les professions libérales avaient principalement un goût prononcé pour cette dangereuse récréation. On donnait tout spécialement des soirées de bouillotte, à peine interrompues par un souper devant lequel on prenait tout au plus le temps de s'asseoir.

Il arrivait fréquemment que non-seulement ces soirées se prolongeaient fort avant dans la nuit et même dans la matinée, mais encore qu'elles duraient vingt-quatre et quarante-huit heures sans qu'aucun des invités songeât à prendre un seul instant de repos.

Pour se remettre des émotions du jeu et pour satisfaire aux exigences de l'estomac, on allait se refaire, de temps en temps, à la table qui restait dressée dans la pièce voisine.

Ces soirées, que certaines maisons avaient rendues célèbres, auxquelles ne dédaignaient pas d'assister des ministres, des diplomates, voire même des magistrats, avaient une physionomie tout exceptionnelle.

Certainement elles ont été l'origine de la multiplication toujours croissante des cercles et des cafés. Comme elles étaient exclusivement composées d'hommes, elles réunissaient à l'attrait du jeu la jouissance de la liberté la plus absolue.

Au bout de trois ou quatre heures consacrées à la conversation, aux présentations et beaucoup au décorum, on prenait place devant les tables de jeux, on allumait un cigare, et alors la passion suivait son cours.

Achille Maucastel était un des plus assidus et des plus exacts. Comme il était beau joueur, il n'y avait pas de belle partie dont il ne fût pas.

Pourtant il avait la réputation de ne pas être heureux, et cette réputation n'était que trop bien méritée. Mais il était si magnifiquement impassible devant la perte ou le gain, que personne ne supposait combien cette passion lui coûtait cher !

Pendant cinq ans, il demeura sans conteste le roi de ces réunions.

Il avait eu de Madeleine un fils auquel ils avaient donné le nom d'Edouard. Sa clientèle s'était considérablement accrue. Il serait certainement parvenu à la fortune s'il avait été moins esclave de son amour effréné pour la dame de pique.

Cependant, à le voir mener toujours le même train de vie, toujours supporter si dédaigneusement les revers qui le poursuivaient, personne ne s'imaginait encore que la ruine complète se cachait déjà derrière le sourire éternel qui déridait ses lèvres.

Mais les habiles, les physionomistes — car tous ceux qui connaissent la bouillotte savent que c'est avant tout un jeu de physionomie — s'aperçurent bientôt que l'apparente impassibilité de Maucastel n'était qu'un masque.

Sa voix était toujours aussi ferme en risquant son tout, sa main ne tremblait pas en relevant ou en abattant ses cartes, mais on le voyait parfois se mordre les lèvres quand la fortune déjouait brutalement ses combinaisons.

Bientôt il n'eut plus la force de déguiser son découragement ou son impatience. Il perdit même jusqu'à la science du jeu qu'il pratiquait depuis si longtemps. Il aventurait fiévreusement son argent avec la folle témérité d'un novice.

Jusque là, pourtant, il avait très régulièrement payé dans les vingt-quatre heures les pertes parfois énormes qu'il avait essuyées ; mais, au bout de trois autres années, ses remboursements ne s'opérèrent plus avec la même régularité.

Il devint moins assidu aux soirées dont il avait été le héros. On s'en étonna d'abord, puis, de confidence en confidence, on apprit que Maucastel devait à l'un cinquante louis, à l'autre cent, à un troisième trois ou quatre cents. On sut même qu'en dehors de ses dettes de jeu, il avait emprunté de l'argent à tous ses amis.

Un mois après, son passif était approximativement évalué à cent mille francs. On se montra envers lui beaucoup plus réservé, on convint même de ne plus rien tenir contre lui sur parole. Le docteur s'aperçut enfin de la ligue qui s'était formée contre lui. Ne pouvant pas conjurer l'orage, il dut se résigner à fuir devant lui.

Il disparut !

Le bruit se répandit qu'il avait dissipé non-seulement sa fortune, mais encore celle de sa femme. Ce n'était que le prélude des malheurs qui allaient l'accabler.

Le bruit public avait raison.

Le docteur Maucastel était non-seulement ruiné, mais il devait plus de cent mille francs !

Hélas ! un malheur, dit-on, n'arrive jamais seul.

Ce proverbe ne fut que trop tristement vrai pour Maucastel.

Sa principale clientèle se recrutait naturellement jusqu'alors parmi les personnes qu'il fréquentait.

Tant qu'on n'avait eu qu'à se louer de ses relations, on s'était adressé à lui de préférence à tout autre ; mais du jour où son indélicatesse devint avérée, les indispositions et les maladies prirent le chemin d'un autre cabinet.

Le docteur essaya encore d'en imposer au monde. A force de combinaisons savantes, de fallacieuses promesses, il conserva pendant plus d'un an le crédit que sa position lui avait donné jusqu'alors ; mais tout s'use à la longue, surtout la patience des fournisseurs et des créanciers.

Le papier timbré de sinistre augure commença à montrer chez lui son redoutable grimoire, puis il afflua.

Six mois plus tard, les meubles, saisis, étaient vendus.

Maucastel s'était enfui, accompagné de sa femme qui versait des larmes de désespoir, tenant par la main son fils âgé de sept ans qui pleurait aussi, sans savoir pourquoi, uniquement parce qu'il voyait pleurer sa mère.

Pourtant Maucastel essaya de lutter encore. Il changea de quartier. A l'aide de ressources suprêmes, il parvint à meubler tant bien que mal un second appartement, beaucoup moins considérable que le premier, et dans lequel il réussit encore à faire quelque figure.

Son titre de docteur, son nom, son installation décente, sinon luxueuse, lui permirent d'attendre pendant quelque temps et de se reconstituer un nouveau crédit. Mais il était complétement inconnu dans le quartier vers lequel il avait émigré, et chacun sait que les clients viennent rarement se pendre à la sonnette d'un médecin que rien ne recommande aux indifférents.

Malgré ces difficultés, Maucastel avait réussi à joindre les deux bouts à la fin de l'année, grâce à l'économie et à l'activité de sa femme.

La pauvre dame avait été cependant bien empêchée. Elle était grosse au moment de sa récente installation, et avait mis au monde un deuxième fils à qui elle avait donné le nom de Gontran.

Aussi, lorsque Maucastel reconnut qu'en dépit de tous ces contre-temps il était parvenu à se tirer d'affaire, il se crut sauvé. Sa passion se réveilla d'autant plus vive qu'elle sommeillait depuis plus long-temps.

Au lieu de jouer comme autrefois des billets de banque ou des rouleaux d'or, il joua des pièces de cent sous. Le résultat fut le même.

Après s'être débattu trois années enco-re, il lui fallut faire comme il l'avait fait une première fois devant les huissiers.

A dater de ce moment, toutes les infor-tunes sont les mêmes. Elles se suivent et s'enchaînent comme des anneaux. De dé-chéance en déchéance, d'émigrations en émigrations, avoir non pas demeuré mais perché dans tous les quartiers de la capi-tale, il vint échouer dans le galetas d'une maison située place du marché des Inno-cents.

Il en fut réduit à chercher une clientèle parmi les forts, les chiffonniers, les rô-deurs de nuit qui encombraient les ca-boulots dont le marché était entouré.

Souvent, alors que sa femme et ses en-fants râlaient la faim, Maucastel, pour satisfaire à sa passion inassouvie, jouait avec son client la pièce de vingt sous qu'il exigeait pour prix de sa consulta-tion.

Puis, un beau jour, à la suite d'un coup douteux, une querelle s'éleva, une rixe s'en suivit, et Maucastel tomba dange-reusement blessé. Son adversaire en avait eu raison d'un coup de couteau.

On le transporta à l'hôpital.

Ce fut là qu'il mourut huit jours après, lui qui avait été riche, instruit, qui avait brillé, qui avait conquis la réputation, à qui le talent et la science semblaient pro-mettre la gloire !

Madeleine n'eut pas la force de suppor-ter ce coup terrible.

La malheureuse mère n'avait déjà plus le courage de lutter contre la misère. Le souvenir de son ancienne position se représentait sans cesse à sa pensée. Elle prenait dans ses bras ses deux enfants qui lui demandaient du pain, et laissait couler silencieusement ses larmes.

La mort de son mari acheva de boule-verser sa raison déjà chancelante. La mé-moire de ce qu'elle avait été, de ce qu'elle avait souffert, survécut seule en elle dans ce terrible naufrage avec le sentiment de la maternité.

« La faim fait sortir le loup du bois. »

Or, il ne lui restait plus rien au monde. Maucastel avait successivement tout ven-du, tout perdu.

La mansarde qu'elle habitait était plus nue que la cellule d'un pénitencier.

Un bois de lit vermoulu, peint de cette couleur attristante qui prétend imiter l'a-cajou et à travers laquelle on aperçoit disjoindre les ais crevassés. Sur ce lit une paillasse aplatie, dure, éprouvée par de longues nuits de douloureuses insom-nies.

Dans un coin, une table boiteuse sur laquelle trônait une cuvette ébréchée, un pot à eau égueulé, plus loin une chaise.

C'était tout !

A la fenêtre pas de rideaux ; c'était une tabatière qui éclairait ce taudis. Sur la paillasse pas de couverture, mais des haillons informes, de toute couleur, de toute taille, parmi lesquels juraient en-core quelques oripeaux usés, vieillis, flé-tris, épaves lugubres de l'antique opu-lence.

Et deux enfants sur les bras !

Comment les nourrir? Madeleine fit comme le loup, elle sortit du bois. Elle était incapable de gagner sa vie ; elle cou-rut la mendier dans les caboulots d'alen-tour.

D'où sortait cette femme? Qui était-elle? On la congédia brutalement dans le prin-cipe. Eut-elle conscience de cette humi-liation? Il n'y parut pas, car elle ne sour-cilla devant aucune avanie.

Peu à peu on s'habitua à son visage; on avait reconnu qu'elle était folle.

Elle avait une manie étrange. Quand elle apercevait deux buveurs en train de jouer sur un coin de table avec des cartes crasseuses, elle s'avançait vivement vers eux, et leur arrachait les cartes des mains.

Puis, fronçant ses sourcils, le regard halluciné, la voix prophétique, elle dé-clamait longuement contre le jeu. On s'habitua promptement à cette manie. Seulement, quand on la voyait entrer, on avait soin de cacher les cartes, afin qu'elle ne les déchirât pas.

Comme personne ne la connaissait et ne savait son nom, on l'appela la mère Sermon.

Des plaisants de bas étage résolurent un jour de la saoûler « pour lui faire ra-conter son histoire. »

Elle n'eut pas de peine à déjouer leurs projets, car elle ne daigna même pas trem-per ses lèvres dans le verre plein qu'on lui tendait.

— Gardez votre poison, dit-elle. Je pré-fère un sou de pain pour mes enfants.

Ce fut ainsi qu'elle réussit à les nour-rir pendant un an, ramassant çà et là des pommes de terre avariées, du pain dur comme un caillou, des débris d'*arlequin*, daignant à peine compter elle-même avec les besoins impérieux de la faim.

Aussi elle maigrissait, pâlissait, dépé-rissait, se ridait, séchait, se parcheminait. A trente-cinq ans elle en paraissait soixante. Elle était usée, finie.

Edouard allait avoir treize ans, Gontran n'en avait pas six.

Un soir, elle se coucha comme à l'ordinaire sur son grabat, au milieu de ses deux fils.

Le lendemain matin, quand les enfants se réveillèrent, ils s'aperçurent que leur mère ne bougeait pas. Ils s'imaginèrent qu'elle dormait, et, pour mieux respecter son repos, ils descendirent dans la rue.

Au bout de deux heures ils remontèrent, persuadés que leur mère était levée. Quand ils pénétrèrent dans la chambre, ils furent surpris de la retrouver toujours couchée, toujours dans la même posture.

Instinctivement, il se serrèrent l'un contre l'autre.

— Mère ! mère ! appelèrent-ils à la fois.

Pas une réponse, pas un mouvement.

Ils se regardèrent et se prirent par la main.

— Mère ! répétèrent-ils d'une voix plus forte, quoique la frayeur les fît trembler.

Rien. Toujours cette inconcevable immobilité !

Le plus grand, Edouard, eut le courage d'approcher du lit et de se pencher à son oreille.

— Mère ! cria-t-il une troisième fois, réponds donc !

Pas un muscle du visage ne tressaillit à cet appel déchirant.

Edouard, désespéré, lui prit la main pour la secouer. Cette main était glacée ! Il essaya de la soulever, il éprouva une résistance inconnue qui lui fit lâcher prise, et la main retomba le long du corps avec une rigidité cadavérique.

Il se pencha pour l'embrasser, croyant naïvement qu'un baiser de lui allait la réveiller ; mais il recula précipitamment, les membres tremblants, les paupières démesurément ouvertes. Sous ses lèvres, il avait senti un froid glacial dont l'impression lui gela le cœur.

— Qu'as-tu donc ? demanda Gontran. Tu ne peux donc pas la réveiller ?

— Non. Je crois qu'elle est morte, dit Edouard.

— Qu'est-ce que c'est que d'être morte ? interrogea le pauvre petit.

— Tu le vois bien, répondit son frère, c'est de ne plus sentir, ne plus voir, de plus entendre même la voix de ses enfants qui vous appellent.

— Alors comment ferons-nous pour déjeuner ?

— Je ne sais pas, nous allons voir.

Alors Edouard prit Gontran par la main et l'entraîna.

— Viens, dit-il résolument.

Dans la même maison que lui, au rez-de-chaussée, habitait une fruitière, ou plutôt une commerçante qui recevait par milliers des paniers de fruits, des caisses d'oranges, etc., etc., et qui cent fois avait distribué aux enfants les fruits endommagés qui lui restaient.

Edouard entra dans le magasin avec son frère.

— Madame, demanda-t-il à la marchande, comment fait-on quand sa mère est morte ?

— Que dis-tu ! s'écria la bonne femme toute bouleversée. Ta mère est morte ?

— Je crois bien que oui, madame. Elle ne bouge plus, ne nous répond pas, et est froide comme du marbre.

— Nous ne déjeunerons donc pas aujourd'hui ? demanda en pleurant le petit Gontran.

— Si, mon enfant, sois tranquille, répondit la marchande. Attendez-moi là tous les deux, je reviens.

Puis, appelant d'une voix forte :

— François ! Pierre ! cria-t-elle.

Deux robustes garçons de magasin accoururent aussitôt.

— Suivez-moi, ordonna leur maîtresse.

Quatre à quatre, elle franchit les marches de l'escalier, et ouvrit la porte de la mansarde.

Les enfants avaient dit la vérité. La mère Sermon était bien morte !

La marchande se chargea de faire toutes les démarches nécessaires pour faire constater le décès. Mais une complication inattendue se présenta : personne ne connaissait la mère Sermon.

Ce fut par le propriétaire de la maison qu'on apprit son nom véritable. Puis, au moment de l'ensevelir, ou sentit dans la poche de sa robe une résistance molle. On en rechercha la cause et l'on trouva, cousu dans un pli de l'étoffe, un portefeuille contenant tous les papiers de la malheureuse femme.

Ce fut ainsi que périrent obscurément M. et madame Maucastel, après avoir successivement descendu tous les degrés de l'inconduite et de la misère.

Quant aux deux orphelins, qui se trouvaient sur le pavé dans un dénûment absolu, la charité seule pouvait les sauver de la flétrissure et du bagne auxquels un abandon absolu semblait les avoir fatalement destinés.

Si la misère est grande à Paris, la charité est inépuisable.

Dès qu'une infortune est signalée par une voix autorisée, les dons affluent. On n'a plus que l'embarras du choix.

Cette fois, la charité se déguisa sous les traits d'un enfant.

Le magasin dans lequel Edouard et Gontran étaient descendus pour annoncer la sinistre nouvelle était occupé par une brave et digne femme qui était venue s'y établir dès la fin de l'année 1834.

Au-dessus de sa porte étaient écrits ces quelques mots :

Veuve Denowski. — Fruits et Primeurs.

Depuis treize ans déjà, elle avait fondé cette maison, mais le public avec lequel elle était en relation, trouvant ce nom étranger beaucoup trop difficile à prononcer, ne l'appelait guère que par son prénom : madame Olga.

A quiconque se serait informé de madame Denowski, on aurait très probablement répondu :

— Connais pas !

Mais, sur le carré des Halles, sur le marché, dans toutes les boutiques environnantes, tout le monde connaissait madame Olga.

La veuve tenait en effet le premier rang parmi les négociants en gros qui se livraient au commerce qu'elle avait choisi. Elle s'était fait une sorte de point d'honneur de n'avoir en magasin que les plus beaux fruits et les légumes les plus rares.

Aussi sa clientèle atteignit promptement des proportions considérables, et sa réputation domina bientôt celle de toutes les maisons rivales.

Ce fut chez elle que vinrent s'approvisionner les grands restaurants et les principaux hôtels. Le chiffre de ses affaires s'éleva rapidement à un chiffre magnifique, sans que la veuve modifiât en rien sa manière de vivre.

Active, intelligente, toujours la première et la dernière à l'ouvrage, prêchant d'exemple, ne s'épargnant pas afin de ménager les autres, elle acquit en peu de temps une renommée de travail et de probité dont elle se montra jalouse et fière.

Elle avait deux fils.

L'un, Stanislas, était au collége ; l'autre, Robert, demeurait au magasin et aidait sa mère autant que ses forces le lui permettaient.

On s'était un peu étonné autour de la veuve de la préférence marquée qu'elle accordait à son fils aîné.

En effet, pourquoi Stanislas recevait-il une éducation soignée, quand Robert menait pour ainsi dire une existence de manœuvre ? Pourquoi cette injuste inégalité dans la manière d'aimer et d'élever ses deux enfants ?

C'était d'autant plus surprenant qu'on n'avait guère d'autre reproche que celui-là à adresser à madame Denowski. Et cependant, si l'un des deux enfants méritait quelque préférence, c'était assurément Robert, dont le caractère souple et bon s'accommodait sans murmure de la situation qui lui était faite par l'aveuglement maternel.

Stanislas, au contraire, affichait déjà une morgue et une vanité insupportables. Le dimanche et les jours de congé, il ne voulait pas rester au magasin, de peur d'y être reconnu par ses petits camarades. A douze ans, il rougissait de sa mère.

La pauvre femme excusait de son mieux les sottes susceptibilités de son fils aîné. Elle lui trouvait même le caractère beaucoup plus ouvert, beaucoup plus généreux que celui de son frère.

Stanislas dépensait avec une prodigieuse facilité l'argent que lui donnait sa mère. Robert, au contraire, non-seulement ne dépensait presque rien, mais cachait certainement avec soin les petits pourboires qu'il recevait de temps à autre des principaux clients.

Or, dans quel but mettait-il cet argent de côté, sinon poussé déjà par une avarice précoce ?

Robert était dans le magasin lorsque Edouard y pénètre avec Gontran.

Pendant que sa mère et ses deux commis montaient chez la mère Sermon, il alla chercher un gros morceau de pain, des fruits, et les tendit à Gontran, dont le visage s'épanouit en un large sourire.

Puis, attirant Edouard dans un coin :

— Qu'est-ce qu'elle faisait, ta mère ? demanda-t-il.

— Rien, répondit Edouard.

— Et toi, que fais-tu ?

— Rien.

— Comment ! tu n'es pas en apprentissage comme tous les enfants que je connais dans le quartier ?

— Ah ! oui. Je sais... fit Edoouard. J'ai souvent entendu ma mère regretter de ne pouvoir pas m'apprendre un état, mais elle n'avait pas d'argent, et il paraît que cela coûte cher.

— Combien donc ?

— Je ne sais pas.

— Ah ! reprit Robert après un court silence. Et si on avait pu t'apprendre un état, lequel aurais-tu choisi ?

— Celui de peintre, répondit Edouard, sans hésiter.

— Eh bien ! attends-moi là. Il y a justement un peintre tout à côté d'ici, dans la rue Saint-Denis ; je vais lui demander s'il veut te prendre en apprentissage.

— Mais puisque je vous dis qu'il faut de l'argent pour ça !

Robert parut très embarrassé et réfléchit quelques instants.

— Ça ne fait rien, dit-il enfin, j'y vais tout de même.

Mais, au lieu de sortir sur-le-champ, il s'élança rapidement dans l'escalier qui de la boutique conduisait à l'étage supérieur et reparut au bout de deux minutes avec un objet qu'il dissimulait soigneusement sous sa veste.

— Ne t'impatiente pas, dit-il, je reviens de suite.

En effet, il s'éloigna en courant, atteignit bientôt le magasin dont il avait parlé et en ouvrit résolûment la porte.

— Monsieur Durand? demanda-t-il,

— C'est moi, mon petit ami, répondit avec bonté un homme de trente-cinq ans environ.

— Avez-vous besoin d'un apprenti, monsieur?

— Dame!... cela dépend.... on a toujours besoin d'un apprenti quand c'est un bon sujet. Tu veux donc devenir barbouilleur, mon garçon?

— Oh! ce n'est pas moi, monsieur, c'est un pauvre petit dont la mère est morte cette nuit.

— Comment se nomme-t-il?

— Edouard.

— Mais son autre nom?

— Je ne le connais pas.

— Et tu viens me le recommander?

— Non. Je viens seulement savoir combien il faut payer pour entrer chez vous comme apprenti?

— Mais qui t'a chargé de cette commission?

— Personne.

— Et qui es-tu toi-même, mauvais petit drôle? interrogea le peintre, qui si croyait le jouet d'une mystification.

— Je m'appelle Robert Denowski, répondit fièrement l'enfant.

— Tu es un des fils de la fruitière du marché des Innocents?

— Oui, monsieur.

— Alors, pourquoi ta mère ne t'a-t-elle pas accompagné?

— Parce que je ne lui ai pas dit que je venais chez vous et que je ne veux pas qu'elle le sache.

— De sorte que c'est toi qui vient me recommander ton protégé?

— Oui, monsieur.

— Est-il d'une bonne famille?

— Je l'ignore, mais je sais qu'il meurt de faim.

— Alors comment veux-tu qu'il me paye son apprentissage?

— Ce n'est pas lui qui vous le payera.

— Qui donc? ta mère?

— Oh! non, se récria Robert avec effroi. Ce sera moi, reprit-il avec assurance.

— Toi! fit le peintre en riant aux éclats.

Robert devint rouge, et son regard brilla de colère. Il démasqua subitement l'objet qu'il tenait caché sous sa veste.

C'était une tirelire en grès commun.

— Tenez, répondit-il en la brisant sur le comptoir du peintre, comptez ce qu'il y a dedans.

M. Durand demeura ébahi. Des flancs rebondis de la tirelire s'échappèrent bruyamment des pièces de toute grandeur et de toute valeur. Il y en avait certainement pour une somme relativement importante.

Robert jouissait de sa confusion et le regardait avec un sourire triomphant.

— Eh bien? demanda-t-il en se croisant les bras.

— Attends donc que je compte! fit le peintre, qui commençait à comprendre quelle admirable générosité conduisait vers lui ce jeune enfant.

Il empila les unes sur les autres les pièces de même valeur. Naturellement ce soin exigeait un peu de temps.

Robert l'examinait avec anxiété. Il cherchait à lire sur son visage les impressions qui s'y réflétaient, à deviner la réponse qu'on allait lui donner.

— Deux cent vingt francs! annonça enfin M. Durand, après avoir fait son calcul.

— Est-ce assez? interrogea Robert.

— Non. Pour payer l'apprentissage de ton protégé, il manque encore quatre-vings francs.

L'enfant demeura atterré. Quand il releva la tête, il avait des larmes dars les yeux.

— Est-ce beaucoup, quatre-vingts francs? demanda-t-il avec découragement.

— C'est à peu près le quart de ce que tu m'as apporté.

— Pas davantage? fit joyeusement Robert.

— A cinq francs près, répondit le peintre.

— Alors, dans un an, je vous les apporterai, reprit l'enfant avec confiance.

— Comment, dans un an?

— Oui, puisque j'ai mis quatre ans à remplir ma tirelire.

— Elle t'appartient donc?

— Certainement.

— Mais, d'où te vient cet argent?

— C'est celui que ma mère me donne, et les pourboires que je reçois de ses clients.

— Tu n'achètes donc jamais de friandises?

— Non, monsieur.

— Tu ne les aimes pas?

— Oh ! si.

— Alors pourquoi t'en priver et mettre tout ton argent de côté !

— Parce que je ne veux pas être soldat.

— Tu es donc poltron ?

— Je ne crois pas, mais ça ne fait rien. Je ne veux pas être so'dat. J'ai entendu dire qu'on pouvait s'acheter un homme, je veux m'en acheter un.

— Mais tu ne le pourras plus, si tu me donnes tout ce que tu possèdes, fit observer le peintre.

Robert demeura interdit.

— Tant pis ! répliqua-t-il enfin. Je partirai. Je ne serai toujours pas si malheureux qu'Edouard.

— Mais ce que tu désires est impossible, puisque tu n'as pas la somme suffisante.

— Comment ! interrompit l'enfant, qui se fâcha tout rouge. Est-ce que vous refuserez de me faire crédit ?

M. Durand fut tellement abasourdi de cette question et de l'assurance hautaine avec laquelle elle était posée, qu'il partit d'un grand éclat de rire. Mais, en réalité, il ne pouvait pas dissimuler l'émotion qu'il ressentait.

— Eh bien! si, s'écria-t-il en frappant le comptoir de son poing fermé, je te ferai crédit !

— Et vous ne direz rien à ma mère.

— Absolument rien.

— Bien sûr? C'est qu'elle me gronderait !

— Je te le promets.

— Et je pourrai vous amener Edouard aujourd'hui.

— Tout de suite si tu veux.

— Alors, je vais vous le chercher, dit Robert, qui s'élança dans la rue en frappant ses mains l'une contre l'autre.

V

COMMENT GRANDIT LE PETIT MARIOLE

Robert ne perdit pas une minute et revint tout d'une haleine à la maison, avant que sa mère n'eût eu le temps de redescendre.

Il retrouva Edouard triste et abattu. Le pauvre petit délaissé commençait à comprendre l'étendue de la perte qu'il venait de faire.

— Viens, lui dit Robert en le prenant par la main, je vais te conduire chez M. Durand.

— Qu'est-ce que M. Durand ?

— C'est le peintre dont je te parlais tout à l'heure.

— Vraiment ? Est-ce qu'il veut bien de moi ?

— Oui.

— Allons ! dit Edouard en faisant un pas en avant.

Mais tout à coup il s'arrêta.

— Et Gontran ? fit-il.

— Ton petit frère ? Tiens, au fait, qu'est-ce que l'on pourrait bien en faire ?

— Je ne sais pas, mais je ne veux toujours pas le quitter. Ma mère me disait sans cesse : « Tu vois ton petit frère ; il faut bien l'aimer. Quand je serai morte, il n'aura plus que toi pour le protéger... N'est-ce pas que tu ne l'abandonneras pas ? » Je le lui ai promis, il faut que je tienne parole.

— Oui, je comprends... fit Robert pensif. Eh bien ! nous tâcherons d'arranger ça. Tu peux bien me le confier jusqu'à demain, ton frère ? Il ne manquera de rien, je te le promets.

Edouard hésitait. Il se tourna vers Gontran.

— Veux-tu rester avec M. Robert ? lui demanda-t-il.

— Oh ! oui, répondit le bambin, la bouche encore pleine. Son pain est bien meilleur que celui de maman !

Le pauvre petit être était insensible à la douleur qui l'avait frappé. Il n'en saisissait pas l'étendue. Il ne comprenait qu'une chose : c'est que le pain qu'on lui avait donné était meilleur que celui qu'il mangeait ordinairement. N'avoir plus faim, c'était la plus grande fête qu'il imaginât.

Quand Edouard le vit si bien disposé, il se décida.

— Ça suffit, dit-il, je vous le laisse, mais je reviendrai voir ce que vous en avez fait.

— Alors, partons, reprit Robert avec un peu d'impatience.

— Allons ! fit Edouard.

Il suivit son guide, qui le conduisit chez M. Durand.

Le peintre examina attentivement l'apprenti qu'on lui amenait. La figure pâle et fatiguée de ce malheureux l'intéressa, en même temps qu'il crut remarquer en lui beaucoup d'intelligence.

Sa femme, qu'il avait prévenue de la singulière visite qu'il venait de recevoir, était à côté de lui, curieuse de voir l'étrange pensionnaire que patronnait un gamin de douze ans.

Comme son mari, elle fut navrée de l'aspect misérable de cet enfant.

— Soyez tranquille, monsieur Robert, dit-elle en entraînant son nouvel apprenti, dans une demi-heure votre protégé sera méconnaissable.

— Oui, mais je ne puis pas attendre,

répondit Robert ; je me sauve pour qu'on ne s'aperçoive pas que j'ai quitté le magasin.

En effet, il ouvrit la porte de la boutique et s'esquiva.

Il était rentré depuis cinq minutes à peine, lorsque madame Denowski descendit.

Elle avait envoyé chercher une garde par François, pendant que Pierre allait faire à la mairie la déclaration du décès, et avait récité quelques prières au chevet du cadavre jusqu'à ce que cette femme arrivât.

Quand elle entra dans le magasin, elle fut très étonnée de ne plus trouver que Gontran, qui jouait insoucieusement avec les paniers vides.

— Où donc est l'aîné de ces deux enfants ? domanda-t-elle.

— Il est chez son patron, répondit Robert.

— Quel patron ?

— M. Durand, le peintre de la rue St-Denis.

— Il est donc en apprentissage ?

— Il paraît que oui.

— Mais depuis quand ?

— Je ne sais pas, répondit Robert en baissant les yeux, il ne me l'a pas dit quand il m'a quitté.

— Pourtant, cet enfant ne faisait rien hier encore. Je l'ai vu comme les autres jours, vagabonder devant la porte...

— Il n'y est peut-être entré qu'aujourd'hui... hasarda Robert.

— Mais qui donc aurait payé son apprentissage ?

— Je ne sais pas, mentit pour la seconde fois Robert.

— C'est singulier !... balbutia la veuve pensive.

Tout à coup, elle se frappa le front.

— J'y suis, murmura-t-elle à demi-voix, mais assez haut pour que son fils l'entendît ; c'est quelque voisin charitable, c'est peut-être M. Durand lui-même... oui, certainement, sans cela...

Alors, abaissant sur Gontran un regard de compassion :

— Ah çà ! reprit-elle, et celui-là ? Qu'est-ce que nous allons en faire ?

— Si vous vouliez... fit timidement Robert.

— Quoi ?

— Il est si petit, il ne mange pas beaucoup. Je lui donnerais la moitié de mon pain... J'en ai toujours trop. D'ailleurs, il pourrait peut-être nous aider...

— A quoi ? interrompit la veuve ; à manger notre fonds ?

— Il y a tant de choses qui se perdent ici ?...

— Et le coucher ?

— Il ne manque pas de place ni de sacs dans le magasin...

— Et l'habiller ?

— Il y a là-haut un tas de vieux habits que Stanislas ne porte plus.

— Mais je les réserve pour toi.

— Oh ! je n'en ai pas besoin, répliqua Robert.

— Tu voudrais donc que je garde ce petit va-nu-pieds ?

— Dame !... si vous ne le gardez pas, qu'est-ce qu'il deviendra ?

— C'est vrai, dit la marchande. Quand il ne servirait qu'à trier les fruits...

— Je le lui apprendrai bien vite, insinua Robert avec vivacité.

— Soit ! consentit sa mère. Je veux bien le garder, mais à condition que c'est toi qui t'occuperas de lui.

— Je ne demande pas mieux ! s'écria Robert.

Et tout bas, il ajouta :

— Comme ça, il ne sera pas loin de son frère...

Sur-le-champ, il emmena Gontran dans la pièce où la marchande serrait toute la défroque de ses deux fils. En moins d'un quart d'heure, il le ramena vêtu d'un costume luxueux, relativement aux haillons dont il était couvert aupapavant.

— Mais il est fort joli cet enfant ! s'écria la veuve, étonnée de cette métamorphose.

Elle l'embrassa bruyamment sur les deux joues ; mais presque aussitôt elle se ravisa.

— Pourtant, reprit-elle, avant de me charger de ce bambin, il faut que je sache si réellement son frère est bien chez M. Durand.

— Oh ! bien sûr, il y est, fit Robert, dont le cœur battait.

— Qui te l'a dit ?

— C'est lui.

— Et s'il t'avait menti ?

— Oh ! pourquoi faire ?

— Sans doute, mais c'est égal, il faut que je m'en assure à l'instant.

— Ce n'est pas la peine, dit l'enfant effrayé. Je l'ai vu entrer dans la boutique de M. Durand.

— Tu l'as donc suivi ?

— Oui... balbutia Robert tremblant.

— Raison de plus pour que j'y aille, insista la marchande, qui ne s'expliquait pas la contenance embarrassée de son fils.

— Ce n'est pas la peine de vous déranger, proposa Robert, qui rougissait et pâlissait tout à la fois, j'irai à votre place.

Sa mère le regarda avec surprise. Pourquoi donc essayait-il de l'empêcher d'aller chez M. Durand ?

Évidemment il y avait là-dessous quelque mystère... mais quel mystère? C'est ce qu'il importait d'éclaircir.

— Au fait, dit-elle négligemment, rien ne presse. J'irai demain ou après-demain.

Robert respira plus librement. C'était toujours cela de gagné.

Mais, au bout de quelques minutes, sous prétexte de recevoir de la marchandise, la veuve sortit.

Quand elle revint, elle était toute drôle. Elle alla droit à Robert, le serra dans ses bras et l'embrassa avec une effusion qu'elle ne lui avait jamais témoignée. En même temps. elle avait les yeux humides et elle riait.

Robert n'en revenait pas. Il était si peu habitué à de telles caresses !

Elle ne lui dit pas un mot. Pendant quelque temps, elle demeura immobile à le contempler.

Dans le courant de la journée, au moment où elle venait de lui adresser quelques paroles sans importance, elle revint sur la conversation qu'elle avait eue avec son fils.

— A propos ! s'écria-t-elle. T'ai-je dit que j'avais rencontré M. Durand tantôt, quand je suis sortie ?

— Non, fit Robert, qui pâlit affreusement. Et... vous lui avez parlé ?

— Certainement, répondit-elle.

L'enfant chancela. Il se sentait défaillir.

— Tu avais raison, poursuivit sa mère. Edouard est entré chez lui ce matin comme apprenti. Et ce qu'il y a de plus curieux, c'est que M. Durand n'a jamais voulu me dire qui lui avait payé la pension d'apprentissage.

Robert se sentit soulagé comme si on lui avait enlevé une montagne de la poitrine.

— Ah ! bégaya-t-il, vous ne savez pas ?

— Non. Ma foi ! quand j'ai vu qu'il refusait de me répondre, je n'ai pas insisté. Cela m'est bien égal, après tout ! Le principal est que cet enfant soit bien placé. Or, c'est un très digne et très honnête homme que M. Durand ; sa femme aussi.

Robert ne se possédait pas d'aise : M. Durand lui avait gardé le secret ! Ah ! le brave homme, en effet !

Désormais rassuré sur les suites de son escapade, il se remit joyeusement à l'ouvrage.

Il va sans dire que l'enfant était dupe d'un affreux mensonge.

La première chose qu'avait faite M. Durand en apercevant madame Denowski, avait été de lui raconter dans les plus grands détails la visite plus que surprenante que son fils lui avait faite.

La veuve était interdite. Ainsi elle avait jusqu'ici à ce point méconnu Robert qu'elle le taxait d'avarice ! Comme elle se reprochait amèrement, en écoutant ce récit, l'injustice dont elle . avait fait preuve !

Séance tenante, elle paya de ses propres deniers les quatre-vingts francs qui manquaient, mais il fut convenu entre eux que ni l'un ni l'autre ne serait censé avoir échangé la plus petite confidence.

Ils étaient curieux de voir si Robert amasserait à la fin de l'année la somme qu'il s'était engagé à payer.

Mais en gardant le silence, la veuve n'était pas obligée de contenir l'ivresse dont son âme débordait. L'action si simple et si grande à la fois de cet enfant, qui tremblait en faisant le bien, l'émut plus que les protestations chaleureuses de l'amitié la moins suspecte. Avec quelle joie elle l'embrassa au retour.

Robert n'avait pas deviné quel sentiment agitait alors le cœur de sa mère. Mieux valait pour lui qu'il l'ignorât.

Quoi qu'il en soit, ce ne fut qu'à dater de ce jour, que la veuve changea entièrement de manières à son égard, et se montra plus libérale envers lui qu'elle ne l'avait jamais été.

Il sortit victorieusement de l'épreuve à laquelle il était soumis sans le savoir.

Dix mois ne s'étaient pas écoulés que, grâce aux largesses de sa mère, il apportait à M. Durand quatre beaux louis.

—Maintenant, se disait-il en s'en allant d'un pas léger, tout ce que je mettrai de côté sera pour Gontran.

C'était précisément trois jours après qu'un deuil immense s'était appesanti sur la maison.

Son frère Stanislas venait de mourir entre les bras de sa mère après une longue et implacable maladie.

Robert était devenu fils unique.

Quant à Edouard, il était déjà entré dans la peau du petit Mariole.

Dès les premiers jours de son admission dans la famille de M. Durand, Edouard avait donné des preuves éclatantes de sa docilité, de son désir d'apprendre et de son intelligence.

Quoiqu'il fût loin d'avoir reçu une éducation complète, il était cependant assez instruit, grâce aux soins particuliers que madame Maucastel avait prodigués à sa jeunesse.

Il ne faut pas oublier, en effet, qu'avant de devenir folle et de courir les cabarets sous le nom de la mère Sermon, madame Maucastel était une femme supérieure, issue d'une très-bonne famille, et possédant une solide instruction.

Du jour où elle avait vu disparaître les

ressources sur lesquelles elle avait compté peur élever son fils, elle avait entrepris de remplacer les professeurs qu'elle ne pouvait pas lui donner et se mit courageusement à l'œuvre.

Or, ce ne fut guère que pendant la dernière année de sa vie qu'elle en fut réduite à abandonner ce qu'elle avait si bien commencé. Donc, durant les douze premières années de son enfance, Edouard avait joui en réalité des bienfaits de l'éducation que sa mère elle-même avait reçue.

Sans doute il ne savait pas le grec ni le latin, mais il écrivait et parlait très purement le français, connaissait l'histoire, la géographie et possédait l'arithmétique sur le bout du doigt.

Si peu qu'il eût appris, il en savait déjà plus long que son patron et ses camarades. Aussi, dès que M. Durand fit cette importante découverte, il s'empressa de la mettre à profit et fit rédiger par Edouard les mémoires de peinture qui lui donnaient jadis tant de mal à mettre au net.

Quant aux ouvriers de tout âge qui travaillaient pour le compte de M. Durand, ils furent tout surpris de voir un « moutard » de treize ans capable de leur en remontrer à tous et à leur patron lui-même.

Lorsqu'ils s'aperçurent, en outre, qu'il était doué d'une intelligence exceptionnelle, qu'il avait l'esprit aussi prompt à l'attaque qu'à la riposte, et la langue si bien pendue qu'il avait toujours le dernier, même avec ceux qui passaient pour des « malins », ils conçurent pour lui une estime secrète mêlée d'un peu de respect, et subirent sans s'en douter la domination qui résulte inévitablement de la supériorité intellectuelle.

Ce ne pouvait pas être, en effet, devant la supériorité physique qu'ils déposaient les armes ; car, loin d'être grand et robuste, de s'imposer par la force, Edouard était, au contraire, de petite taille et de frêle apparence ; mais il était adroit comme un singe, leste comme un cabri, courageux comme un lion.

Il arriva souvent que certains ouvriers se fâchèrent des épigrammes mordantes que leur lançait l'apprenti, et qu'ils voulurent le corriger.

Les trois quarts du temps ils ne pouvaient pas l'attraper. Au moment où ils croyaient le tenir, le gamin leur glissait entre les mains comme une anguille, et se sauvait en leur riant au nez.

Quand ils réussissaient à s'en emparer, Edouard soutenait vaillamment le combat, — à sa façon, bien entendu, non pas seulement avec les pieds et les poings, qui sont l'arme des forts, mais avec la ruse, l'adresse, la légèreté, mettant à profit les fautes de son adversaire, souvent abattu, mais jamais vaincu.

Il avait une énergie qu'aucun revers ne pouvait dompter. Il aurait grimpé sur une montagne pour souffleter un géant.

Aussi, comme il avait conscience de son infériorité physique, il s'attacha dans la suite à étudier le grand art du chausson, afin de rétablir l'équilibre, et il devint si habile qu'il réussit, au bout de trois ou quatre victoires décisives, non seulement à se faire respecter, mais à se faire craindre.

Quand ses camarades parlaient de lui :

— Est-il futé, est-il roué, est-il adroit, ce petit-là ! disaient-ils. Est-il mariole !

Ce mot résumait tout. Le surnom lui resta.

Il n'avait pas trois mois d'apprentissage qu'on ne l'appelait plus autrement que le petit Mariole.

Entre *mariole* et *roublard* que la langue verte emploie souvent, il y a une grande différence.

Le mot mariole ne comporte aucun mauvais sentiment ; le mot roublard, au contraire, se dit de gens également intelligents, mais disposés au besoin à ne pas reculer devant certaines indélicatesses.

Donc, on croyait le petit Mariole incapable de commettre aucune mauvaise action. Et, du reste, ni son patron ni ses compagnons d'atelier n'avaient la moindre chose à lui reprocher.

Edouard était depuis un an à peine chez M. Durand, qu'il était déjà un ouvrier passable. Il ne tarda pas à exceller dans les détails qui exigent du coup d'œil et par-dessus tout une grande habileté de main.

Au bout de trois ans, le chêne, l'acajou, le palissandre, le bois de rose n'avaient pas de secrets pour lui. Nul ne travaillait avec tant de rapidité.

Son patron lui faisait suivre, le soir, un cours de dessin. Cela mit Mariole en goût. Il barbouilla de croquis au char-

'bon tous les murs blancs des maisons qu'il était appelé à couvrir de peinture ou de papier.

Deux ou trois architectes s'arrêtèrent en passant devant ces croquis.

— Qui donc a fait ces dessins-là ? demandèrent-ils avec un certain étonnement.

On leur désigna le petit Mariole.

— Eh bien ! mon garçon, lui dirent-ils, si tu veux étudier un peu le dessin, tu deviendras un excellent ouvrier.

Il rougissait d'aise, car il était possédé du désir d'arriver à gagner largement sa vie. Il se souvenait qu'il avait promis à sa mère de veiller sur Gontran, et ne pouvait s'habituer à la pensée que son frère était à la charge d'un étranger.

Cette idée l'obsédait d'autant plus que Gontran n'était plus sous la direction de Robert, mais seulement sous celle des garçons de magasin.

Mariole n'ignorait pas que son frère ne souffrait d'aucune privation, que la maison de la veuve était honorablement connue ; mais Gontran grandissait. Il allait avoir dix ans, et il ne savait ni lire ni écrire ! Personne ne songeait à lui donner les principes les plus élémentaires de l'instruction primaire.

Si Robert était resté près de l'enfant, peut-être lui aurait-il inculqué les premières notions de grammaire ; mais Robert ne paraissait plus que rarement à la maison.

Depuis la mort de Stanislas, sa mère lui témoignait une grande affection. Elle l'avait mis au collége à son tour, et faisait pour l'élever plus de sacrifices encore qu'elle n'en avait fait jadis pour l'aîné.

Le petit Gontran était bien seul ! Il s'ennuyait ; il le disait toujours à Edouard, quand celui-ci lui apportait quelque jouet ou quelque friandise.

Aussi, lorsque après quatre années d'apprentissage. Mariole fut reçu compagnon, la première chose qu'il fit, ce fut d'aller trouver madame Olga.

— Madame, lui dit-il, je vous suis on ne peut plus reconnaissant des bontés que vous avez eues pour moi et pour Gontran, mais vous comprenez bien que maintenant il faut que je m'occupe un peu de cet enfant-là.

— C'est tout naturel, répondit la veuve. Vous avez donc un projet ?

— Tout est déjà convenu avec M. Durand, madame.

— Tout quoi ?

— Edouard va me succéder comme apprenti.

— Mais qui en payera les frais ?

— Moi, madame. M. Durand a bien voulu accepter l'arrangement que je lui ai proposé.

— Et cet arrangement, ne puis-je pas le connaître ?

— Je n'ai rien à vous refuser, madame. J'abandonne à mon patron, pendant un an, un franc par jour sur le prix de mon travail.

— Mais cela va réduire considérablement le prix de vos journées, mon pauvre ami !

— Je le sais bien, mais je me contente de si peu de chose ! D'ailleurs, j'ai renoncé momentanément au projet que j'avais formé...

— Quel était ce projet ?

— C'était de meubler peu à peu une petite chambre pour Gontran et pour moi.

— Ca serait, en effet, trop coûteux, fit la veuve. Vous avez bien fait de ne pas mettre cette idée à exécution. Il ne faut pas charger de dettes un budget déja si léger que le vôtre. Et quel jour votre frère entre-t-il en apprentissage.

— Je venais vous le demander, madame.

— Mais ce sera le jour que vous voudrez, mon ami ! Dans un mois, dans huit jours, demain si cela vous plaît.

— Autant vaut que ce soit demain, dit Mariole.

On voit qu'il n'était pas long à prendre une résolution.

La mère de Robert promit qu'elle conduirait elle-même Gontran chez M. Durand, et qu'elle le lui recommanderait tout particulièrement.

— Je vous remercie de cette bonne pensée, madame, dit Mariole ; mais, je vous en supplie, pas de surprise semblable à celle que m'a faite, il y a quatre ans, monsieur votre fils !

— Quelle surprise ? demanda la veuve.

— Oh ! vous me comprenez bien, madame, vous qui avez achevé l'œuvre que M. Robert avait si généreusement commencée. Mais, c'est une idée à moi : je veux qu'à dater d'aujourd'hui Gontran ne doive qu'à moi-même ce qu'il sera plus tard.

— Je ne saurais trop vous féliciter d'un si louable sentiment ; mon ami ; donc, je vous le promets, je ne me mêlerai de rien.

— Merci, madame, fit Mariole en se retirant.

La mère de Robert fut profondément surprise du ton de parfaite urbanité et des manières exquises d'Edouard. Depuis longtemps elle n'avait si longuement causé avec lui.

Positivement, il y avait de la race chez ce garçon-là, En le voyant, on devinait que les Maucastel avaient été quelque chose. Malgré le milieu dans lequel il vivait, il avait conservé les traditions que lui avait enseignées sa mère. Sous la blouse blanche de l'ouvrier perçait l'oreille du gentleman. Les bienfaits de l'éducation première avaient survécu à la déchéance.

Edouard avait beaucoup grandi depuis quatre ans ; mais on voyait bien qu'il resterait toujours petit. Ses membres s'étaient développés, sa figure avait pris du caractère. C'était une miniature d'homme, mais loin qu'il y eût en lui rien d'efféminé, on sentait couver sous le feu de ses yeux noirs la flamme d'une vive intelligence et d'une inébranlable volonté.

Rien dans l'exiguité de sa taille n'était débile et chétif. On avait craint dans le principe pour sa constitution, si frêle en apparence. L'état qu'il embrassait est excessivement dangereux en raison des matières que l'on emploie. Il ne s'en était aucunement ressenti, n'avait jamais eu même la migraine, lorsqu'à ses côtés il voyait des colosses se tordre dans les épouvantables coliques de plomb.

Il était la justification vivante de cette fable du chêne et du roseau. Près des chênes déracinés, il restait debout, lui frêle roseau que le moindre orage menaçait de briser.

Madame Olga fut tellement ravie de voir combien avait fructifié la générosité de Robert, que, le dimanche suivant, quand il vint passer la journée avec elle, elle ne tarit pas d'éloges sur le compte du petit Mariole, et répéta mot pour mot à son fils la conversation qu'elle avait eue avec lui deux ou trois jours avant.

Quand Robert vit sa mère si bien disposée, son bon cœur ne se refroidit pas.

— Combien ai-je d'économies? lui demanda-t-il.

— Trois cents et quelques francs, je crois, répondit elle.

— Voulez-vous me permettre de les dépenser à ma façon ?

— Naturellement, puisqu'ils sont à toi.

— Eh bien ! voilà justement le jour de l'an qui arrive. J'aurai trois jours de congé... je pourrai m'en occuper... je veux donner ses étrennes à Mariole.

Depuis le jour où Robert, encore enfant, avait cédé à l'élan de générosité qui l'avait entraîné sans calcul à prendre pour ainsi charge d'âmes, sa vie, celles d'Edouard et de Gontran, s'enchaînent tellement l'une à l'autre, qu'il est impossible de ne pas les confondre dans le même récit.

Aujourd'hui, Robert avait seize ans. C'était déjà un jeune homme remarqué et estimé de tous ceux qui l'approchaient, et sur le compte duquel sa mère recevait tant d'éloges, qu'elle recueillait amplement la récompense des sacrifices auxquels elle s'était un peu tardivement décidée.

Certaine du bon sens de son fils, elle ne chercha même pas à lui demander quelle destination il réservait à ses économies.

Assurément, c'était encore une bonne action D'ailleurs, cet argent n'était-il pas bien à lui ? Elle y ajouta même cinq louis d'étrennes.

Cette année-là, le jour de l'an tombait précisément un vendredi, un mauvais jour pour ceux qui donnent des étrennes. Robert sortit donc le jeudi. Il avait jusqu'au jeudi suivant pour s'occuper du projet qu'il méditait.

Seulement, comme il tenait à ce que la surprise qu'il ménageait fut prête exactement pour le jour de l'an, il se mit en campagne à l'instant même.

Depuis quatre ans, Edouard n'avait pas manqué de venir ce jour-là faire une visite officielle à la veuve et à son fils, de qui il recevait ordinairement un souvenir insignifiant.

Cette fois, au moment où il allait se retirer après avoir fait en compagnie de Gontran sa visite habituelle, Robert l'arrêta au passage.

— Attends donc ! que je te donne des étrennes ! dit-il.

En même temps il tira de sa poche une grosse clef qu'il tendit à Mariole.

Celui-ci jetait sur cet affreux morceau de fer un regard étonné.

Robert souriait de son embarras.

Mariole avait pris la clef, qu'il tournait et retournait dans tous les sens, abaissant sur elle des yeux stupéfaits, qu'il relevait aussitôt pour obtenir l'explication de cette énigme.

Comme Robert gardait le silence et jouissait de sa confusion, Mariole fit un pas vers la marchande et, du geste, lui montra cette clef, tandis qu'il l'interrogeait du regard.

— Ah ! se défendit la veuve, je vous jure sur l'honneur, mon ami, que je ne sais pas plus que vous ce que cela signifie !

Jugeant qu'il avait suffisamment prolongé cette situation équivoque, Robert se décida à parler.

— C'est la clef de ta chambre, dit-il à Edouard.

— De ma chambre ! répéta Mariole comme un écho.

— Sans doute. N'as-tu pas dit à ma mère que tu avais l'intention de louer une chambre pour ton frère et pour toi ?

— C'est vrai, monsieur Robert ; mais j'ai ajouté aussi que j'avais renoncé à ce projet.

— Ah bien ! elle avait oublié de me le dire et... ma foi !... j'en ai loué une autre en ton nom.

— Je vous sais beaucoup de gré de vous être donné cette peine, monsieur Robert, mais...

— Voici même une quittance en ton nom des six premiers mois.

Et il tendit à Mariole un papier sur lequel celui-ci jeta un œil ahuri.

— Ah ! monsieur, quel malheur que vous ne m'ayez pas consulté ! soupira-t-il avec tristesse.

— Pourquoi donc ?

— Parce que je vous aurais avoué que je n'avais pas la moindre paillasse à mettre dedans.

— Oh ! je le savais bien, répondit Robert. Aussi j'y en ai fait apporter une, et même deux. Après ça, quand je dis paillasses, je me trompe... Oui, j'ai préféré des sommiers : c'est plus propre et le lit est plus tôt fait. Tiens ! j'oubliais de te le dire, au fait : sur ce sommier, j'ai mis un matelas, un traversin, des couvertures, et, pour encadrer tout cela, le marchand m'a donné un bois de lit en noyer et un petit lit de fer... Ah ! sapristi ! je n'ai pas pensé au plus important : les draps ! Heureusement que ma mère est là.

Mariole l'écoutait bouche béante.

Tout à coup il se donna sur la joue un vigoureux soufflet.

— Imbécile ! s'écria-t-il. Comment ! tu n'as pas compris du premier coup qu'il s'agissait encore d'un bienfait !

Puis, s'adressant à Robert :

— Ah ! monsieur, lui dit-il sur un ton de doux reproche, vous voulez donc me tenir par toutes les fibres du cœur ?

Sa voix tremblait, ses yeux étaient pleins de grosses larmes. Il se laissa tomber sur une chaise et cacha son visage dans ses deux mains.

Quiconque serait entré en ce moment aurait cru qu'on venait de lui annoncer un grand malheur.

Quand il eut maîtrisé son émotion, il se redressa. On devinait qu'il aurait voulu parler, mais qu'il ne trouvait pas de paroles assez expressives pour traduire sa reconnaissance.

— Hélas ! M. Robert, dit-il enfin, je suis accablé sous le poids de vos bontés. Je ne me figurais pas qu'on eût tant de peine à remercier quelqu'un. Mais il ne faut pas m'en vouloir... je ne peux pas... j'étouffe.

Ah ! reprit-il en faisant un effort surhumain, je voudrais être un Goliath pour avoir plus de sang à vous offrir !

Il prit la main de Robert, sur laquelle il appuya son front brûlant et se laissa tomber à genoux devant lui — comme une masse.

— Es-tu fou ? cria Robert en le relevant vivement. Voyons, sois homme, que diable ! Cela te fait donc bien plaisir ?

— Vous me le demandez !

— Alors, veux-tu que nous allions ensemble visiter ta petite chambre ?

— A l'instant même, monsieur Robert.

— Attendez-moi, dit précipitamment la veuve. Je reviens à la minute.

Elle disparut aussitôt en échangeant avec son fils un regard d'intelligence, et rentra, portant dans ses bras quatre paires de draps et une douzaine de serviettes.

— Voilà mon écot, dit-elle en posant son paquet sur la table.

— Alors, en route ! s'écria gaiement Robert.

Et il prit les devants, afin de se dérober aux nouveaux remercîments que Mariole balbutiait déjà d'une voix étranglée.

Ils n'eurent pas grand chemin à faire. Robert avait eu la main heureuse. Il avait loué, rue Saint-Denis, une chambre assez vaste, dont les deux fenêtres donnaient sur le marché des Innocents.

Après avoir grimpé quatre étages, il

introduisit sa mère, Edouard et Gontran dans la pièce qu'il avait meublée la veille.

Elle contenait deux lits, l'un en noyer, l'autre en fer, dont les pieds se touchaient, une petite table carrée, une toilette garnie, une commode de noyer et quatre chaises de paille.

Aux deux fenêtres étaient pendus quatre petits rideaux blancs.

Rien n'était plus simple assurément que ce mobilier, puisqu'il ne se composait que de choses absolument indispensables... Cependant, cette chambre fit à Mariole l'effet d'un palais.

Depuis si longtemps il habitait d'horribles galetas, qu'il avait presque entièrement perdu le souvenir du luxe au milieu duquel s'étaient écoulées les premières années de son enfance.

L'ivresse dont son cœur fut pénétré est intraduisible.

Il avait échafaudé depuis quatre ans tant de projets sur cette chimère, dont la réalisation le trouvait aujourd'hui sans forces et presque sans voix !

Ainsi que lui, Gontran ouvrait de grands yeux étonnés, mais il ne sentait pas, comme son aîné, le prix du bienfait que la main généreuse de Robert avait laissé tomber sur lui.

Quant à la veuve, elle approuva de point en point la conduite de son fils et les dispositions qu'il avait prises. Elle était trop heureuse de trouver en lui un cœur si haut placé et un si grand esprit d'ordre et d'économie. Elle ne pouvait pas comprendre qu'avec quatre cent trente francs — car tout l'argent du jeune collégien y avait passé — Robert eût accompli tant de prodiges.

Combien fut douce pour Mariole la première nuit qu'il passa dans ce délicieux séjour ! Le lendemain matin, quand il se réveilla, il ne se lassa pas de contempler ses meubles, d'en faire jouer tous les tiroirs. En ouvrant celui de la table, il y aperçut trois ou quatre feuilles de papier qu'il déplia fiévreusement.

C'étaient les factures *en son nom* de tous les meubles qui garnissaient la chambre.

Le soir même, Edouard commença l'œuvre que sa pensée mûrissait avec tant d'obstination : l'éducation de Gontran.

Le pauvre enfant ne savait absolument rien. Pendant les quatre années qu'il était resté chez madame Olga, il n'avait fait strictement que se développer physiquement.

La veuve, qui n'avait reçu du reste qu'une instruction très superficielle, ne songea même pas à l'envoyer à l'école. Elle attendait patiemment que l'enfant grandît avant de prendre un parti.

Edouard, au contraire, non-seulement avait déjà, sur certains éléments, des notions assez sérieuses à l'époque où sa mère mourut, mais encore il avait mis à profit ses heures de loisir pour repasser tout ce qu'elle lui avait enseigné et pour apprendre beaucoup de choses qu'il ne savait pas.

Il avait entrepris de réhabiliter par Gontran le nom déclassé des Maucastel, de faire pour son frère ce que personne n'avait pu faire pour lui-même, et de lui rendre, sinon la fortune que leur père avait jetée par les fenêtres, du moins une position égale à celle dont il était déchu par sa faiblesse.

D'avance il était résigné à toutes les privations, à tous les sacrifices pour accomplir la tâche qu'il s'était imposée.

Aussi, à dater de ce jour, tous les soirs, tous les dimanches, chaque fois en ce qu'il pouvait dérober au travail le temps qu'il n'était pas obligé de lui consacrer, il s'appliquait sans relâche à la réalisation d'un rêve si ardemment caressé.

Ce n'était pas dans un autre but qu'il avait souhaité avoir une chambre à lui, dût-il partager avec Gontran l'unique lit qu'il aurait acheté.

Gontran était heureusement doué, mieux que lui peut-être, non pas sous le rapport de l'intelligence, mais sous le rapport de la mémoire et de la facilité de conception.

Il n'entre pas dans le cadre de ce récit de suivre pas à pas les progrès que fit l'élève, progrès dont le maître profita lui-même, dans toutes les branches d'éducation qu'Edouard lui fit étudier successivement.

Il devint en si peu de temps aussi savant que son professeur, que celui-ci reconnut son insuffisance et fut effrayé de cette découverte.

Désormais, pour développer utilement les dispositions que montrait Gontran, il fallait absolument lui donner non pas seulement un professeur ordinaire, mais un professeur de dessin, puisque c'était vers le dessin que semblaient tendre plus spécialement les aptitudes de l'enfant.

Gontran avait quatorze ans à peine ; il était précisément dans l'âge où le travail est moins aride et fructifie davantage. Fallait-il donc renoncer à faire de lui ce qu'il promettait d'être ? N'était-ce pas un crime que de reculer devant les sacrifices qu'exigeaient son intérêt, son avenir ?

Mariole n'hésita pas.

Huit jours après, Gontran, dont l'apprentissage était terminé, avait un précepteur et devenait l'élève d'un de nos dessinateurs les plus connus.

Par quel prodige Mariole réalisa-t-il ce véritable tour de force ? Gontran ne le sut jamais, et même son frère lui fit solennellement jurer qu'il n'en parlerait à personne, — pas même à Robert.

VI

QUELQUES LAMBEAUX DU PASSÉ.

Gontran observa d'autant plus religieusement le silence que lui avait recommandé son frère, qu'il s'imagina avoir pénétré les véritables motifs qu'avait Edouard pour se cacher de Robert.

Evidemment, s'il ne voulait rien dire des sacrifices qu'il s'imposait, c'était de peur que l'inépuisable charité de Robert ne vînt augmenter la liste déjà si longue des bienfaits qu'il avait répandus sur eux. Révéler à leur protecteur de nouveaux besoins, c'était faire indirectement appel à sa bonté.

Voilà ce que pensa Gontran, voilà ce qui cloua sur ses lèvres les aveux qui s'en seraient certainement échappés. D'ailleurs, il n'avait alors aucune idée de ce que valait l'argent, ni du chiffre auquel se montaient les nouveaux frais dont Edouard avait surchargé ses ressources, déjà fort restreintes.

Cependant, à mesure qu'il s'avançait en âge, le petit Mariole avait acquis une dextérité de pinceau de plus en plus grande. Le chiffre de ses journées avait depuis longtemps dépassé le prix ordinaire.

Il l'avait dit et redit si souvent à Gontran, que celui-ci le laissait faire et obéissait avec une incroyable docilité.

Son frère lui avait communiqué ses projets et ne lui avait fait mystère d'aucune des ambitions qu'il avait conçues. Les secrets désirs de Gontran cadraient trop bien avec les vues d'Edouard pour qu'il résistât à une si douce violence.

Dans le principe, il allait quelquefois en journée pour soulager d'autant leur budget commun, mais depuis qu'il avait deux professeurs à la fois, le temps qu'il leur consacrait, celui dont il avait besoin pour étudier en dehors des heures de leçon, ne lui permettaient plus de se livrer à d'autre travail.

Il avait voulu passer les nuits, mais son frère s'y était formellement opposé.

Lorsqu'il eut franchi les difficultés premières et donné déjà des preuves d'un talent réel — il avait seize ans alors — Edouard lui annonça un beau soir qu'il s'était entendu avec un peintre célèbre, et que celui-ci consentait à admettre Gontran au nombre de ses élèves.

Huit jours après, il le conduisit chez Troyon, sans que Gontran sût encore comment et par qui son frère avait obtenu cette haute faveur.

Edouard lui annonça en même temps que, par suite des gains inespérés qu'il réalisait à présent, il était à même de lui servir une pension de cinq francs par jour, tant que durerait son noviciat.

Gontran fut émerveillé autant que sincèrement touché des privations que s'imposait son frère.

Il savait bien qu'Edouard était le plus habile ouvrier de M. Durand, qu'il excellait à peindre les attributs dont les traiteurs font volontiers décorer leur façade. Il n'ignorait pas que le petit Mariole était devenu dans son genre une réputation et qu'il travaillait pour le compte d'autres entrepreneurs.

Dans les cafés, dans les restaurants, dans les boutiques de pâtissier, partout enfin où l'on avait besoin d'une main agile et exercée, c'était au petit Mariole qu'on s'adressait — et le petit Mariole, qui le savait, se faisait bien payer.

S'il n'avait jamais fixé un chiffre à Gontran, il avait fait bien mieux encore : il lui avait montré parfois à la fin de la semaine sept ou huit pièces d'or, ce qui était d'une éloquence indiscutable.

Il persuada donc aisément à son jeune frère que la pension qu'il lui servait n'était pas une charge pour lui, mais un plaisir.

Si parfois Gontran se révoltait contre la douce tyrannie qu'il subissait, Edouard se retranchait aussitôt derrière la promesse solennelle qu'il avait faite à leur mère de veiller sur lui. Non-seulement il prétendait en remplir les devoirs, mais encore il en réclamait l'autorité, que lui donnaient du reste sept années d'aînesse.

Avec cette promesse qu'il invoquait à tout instant, Edouard aurait fait passer Gontran par le trou d'une aiguille, plus facilement que le chameau de l'Evangile. Et comme il avait, en outre, le caractère essentiellement dominateur, il réussissait, en dépit de toutes les résistances, à faire exécuter ses volontés.

Une seule chose surprit beaucoup Gontran.

Du jour où il entra dans l'atelier de Troyon, il ne logea plus avec Edouard.

Sous prétexte qu'il y avait trop loin de la rue Saint-Denis à l'atelier, Mariole lui loua dans les environs une chambre qu'il meubla de tout ce que la sienne renfermait de plus convenable, et, grâce aux objets de toute nature qu'il y avait apportés peu à peu, il parvint à lui composer un intérieur très suffisant.

Gontran se fit promptement à ce changement, qui lui faisait, en effet, gagner une bonne heure par jour ; mais au bout de trois mois Edouard lui annonça que décidément il ne pouvait se résoudre à demeurer si loin de son frère et qu'en conséquence il allait habiter au coin de la rue Rochechouart et de la rue Bellefond.

— J'aurais désiré avoir deux chambres au lieu d'une et loger avec toi comme par le passé, dit-il, mais je n'ai pas pu les trouver. D'ailleurs ton installation n'est que provisoire, puisque, dès l'instant où tu prendras un atelier, tu seras forcé d'y rester. Ce n'est donc qu'une question de temps ; mieux vaut nous habituer déjà l'un et l'autre à cette séparation nécessaire.

Le surlendemain, il vint chercher Gontran à l'atelier pour lui montrer sa nouvelle installation.

Ce n'était pas luxueux, ce n'était que simple et n'avait rien qui pût surprendre personne.

— Quand tu voudras me voir, dit-il à son frère, tu peux venir sans crainte le dimanche. Je mets ce jour-là tout entier à ta disposition. Quant à mes soirées, il est possible que je ne les dépense pas ; mais il est inutile, s'il me prenait envie de sortir, que tu viennes te casser le nez à ma porte.

Gontran n'insista pas. N'était-il pas tout naturel que son confrère conservât toute sa liberté ?

Il se contenta donc de passer assez régulièrement avec Edouard toute l'après-midi du dimanche, dont il consacrait la matinée au travail.

Au bout de cinq ans assidûment employés, le maître lui déclara enfin qu'il pouvait, dès à présent, voler de ses propres ailes.

Aussitôt que Mariole en fut informé, il se mit en campagne. Il trouva, rue de Douai, n° 71, un petit atelier tout frais, tout coquet, tout flambant neuf, auquel attenaient une chambre et un cabinet de toilette.

Il l'arrêta au nom de son frère et se fit une fête de le parer avec soin, on pourrait dire presque avec amour. Il n'oublia aucun des objets indispensables et minutieux dont se compose l'attirail d'un peintre. Son expérience en cette matière lui fut un guide qui ne l'égara point.

A faire les choses, il ne voulut pas les faire à moitié. Il aurait pu ne songer qu'à l'indispensable, mais il apporta une sorte de raffinement dans la composition de cette pièce, qui est pour un artiste la plus importante, celle dans laquelle se passe à peu près sa vie entière.

Le petit Mariole mit positivement de la coquetterie à montrer ce dont il était capable. De l'indispensable, il passa au confortable, du confortable au superflu.

Enfin, lorsqu'il fut satisfait de son œuvre, et sans en prévenir Gontran, il fit transporter dans la chambre les meubles qui garnissaient celle que le jeune rapin occupait actuellement, fit accrocher les rideaux à la fenêtre, les habits au portemanteau ; puis, vers cinq heures, au moment où Gontran quittait généralement l'atelier, il alla le chercher.

Chemin faisant, il souriait.

— Cela va être drôle, se disait-il. Je vais renouveler avec Gontran la scène de la clef que nous a faite autrefois M. Robert.

Il n'y manqua pas.

Le premier étonnement de son frère fut de le voir paraître. Depuis longtemps,

Mariole n'était venu le chercher à pareille heure.

Edouard lui prit le bras et l'entraîna.

— Où allons-nous ? demanda l'artiste.

— Nous allons dîner.

— Où donc ?

— Chez un peintre de mes amis.

En effet, ils arrivèrent rue de Douai et montèrent au second étage.

Sur une table couverte d'un linge éblouissant le couvert était dressé.

Le concierge de la maison, fidèle au mot d'ordre qu'il avait reçu, attendait militairement.

— Servez, lui dit Edouard.

— Mais je ne vois que deux couverts ! s'écria Gontran.

— Naturellement, mon ami est en voyage.

— Il te prête donc sa clef ?

— Tu le vois bien.

Le potage arriva.

Gontran prit place.

— C'est singulier, dit-il. A part les bibelots, on croirait que c'est tout neuf ici. Mais oui : cette boite à couleurs qui est sur l'escabeau, cette palette, ces pinceaux n'ont jamais servi !

— C'est bien possible, fit Edouard avec indifférence.

— Est-ce gentil, propre, bien arrangé ! s'écria Gontran, qui promenait autour de lui des regards envieux.

— Ah ! tu trouves !

— Oui, ton ami a du goût, et beaucoup, cela se voit tout de suite.

— Vraiment ? S'il t'entendait, cela lui ferait plaisir.

— La cuisine est bonne aussi, ajouta Gontran qui dévorait. Est-ce qu'il mange chez lui tous les jours !

— Non, c'est par occasion. Le concierge fait le ménage, et au besoin sa femme prépare le dîner.

— Tiens ! c'est commode !

— Oui, assez.

Gontran vida son verre plein.

— Le vin aussi est bon, dit-il d'un ton connaisseur.

— Oh ! celui-là, c'est moi qui l'ai apporté, répliqua Mariole.

— Ton ami n'a donc pas de cave ?

— Non, pas encore, mais il s'en fera une... plus tard... Quand on couvrira ses tableaux d'or.

— Cela doit déjà commencer, à en juger par son atelier ; mais au fait... je le connais peut-être, ton ami. Comment se nomme-t-il ?

— Gontran, répondit Edouard.

— Tiens ! comme moi !

— Exactement, répondit Mariole en riant bruyamment.

Son frère ne comprit pas bien les motifs de cette hilarité. Il était si loin de soupçonner la vérité.

— Mais son autre nom ? demanda-t-il.

— Tu veux donc absolument le savoir ?

— Sans doute, pourquoi pas ?

— Ma foi ! va, si tu veux, regarder dans sa chambre : je crois que son portrait y est peint par lui-même.

Gontran se leva et ouvrit la porte qu'Edouard lui désignait du doigt.

Il reconnut ses meubles, son portrait. Dans le cabinet de toilette, il aperçut ses habits. Il s'approcha, se frotta les yeux, examina, palpa. Toute erreur était impossible.

— Non... balbutia-t-il. Je suis fou ! je rêve !...

— Allons donc ! grand niais ! dit Mariole. Devineras-tu enfin que tu es chez toi ?

— Chez moi ! mais par quel prodige ?...

— Puisque le maître n'avait plus besoin de toi, pouvais-tu éternellement demeurer chez lui ? Etait-ce dans ta chambre que tu pouvais travailler, recevoir tes clientes ? Non, n'est-ce pas. Eh bien ! embrasse-moi. Je t'ai joué la scène de la clef, je suis content de te voir content, viens t'asseoir et n'en parlons plus.

Edouard n'était plus un enfant. Il connaissait le prix des choses, celui des bibelots surtout. Du premier coup d'œil il avait estimé que cette installation devait coûter cinq ou six mille francs, au bas mot. Comment son frère avait-il pu disposer de cette somme énorme ?